U0568424

谨以此书纪念

中国人民抗日战争暨世界反法西斯战争胜利80周年

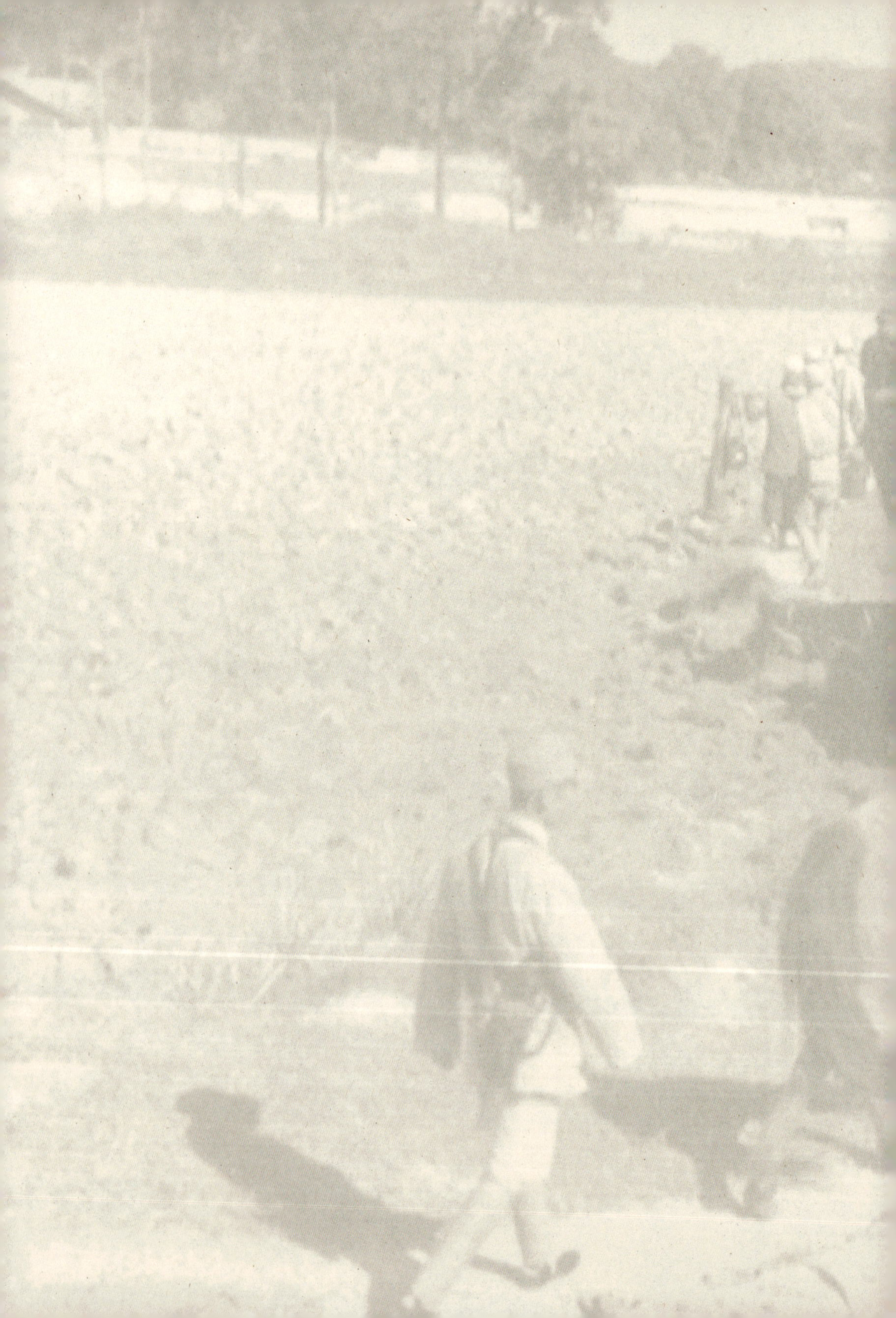

在前线——张郁廉抗战文存

张郁廉 著

左中仪 姜龙飞 编

文匯出版社

1937年7月，卢沟桥事变爆发，日寇入侵华北，她被迫中断学业，南下流亡，借读武汉大学。

1937年12月，她入苏联塔斯通讯社驻汉口分社任翻译。

1938年3月—6月，她任战地记者，协同苏联塔斯社军事记者团赴徐州前线采访，其中历经台儿庄大捷、徐州突围等。

1938年6月初，她回到塔斯社驻汉口分社，后奉调塔斯社驻重庆分社。

1938年10月—12月，她协同苏联著名摄影记者卡尔曼赴前线采访，取道汉口，前往鄂、湘、桂、黔等地。

1939年5月—9月，她协同卡尔曼去延安采访，在陕甘宁边区20余天；后转去山西中条山地区采访。

....

张郁廉的战地记者生涯贯穿八年全面抗战，其间不避战火，多次亲临前线，被当年的新闻界同行称为"中国首位战地女记者"。本书收录的，是目前能找到的她写于塔斯社工作时期的部分抗战文献。

张郁廉
摄于重庆枣子岚垭塔斯社分社
（原照捐赠中国国家博物馆）

前 言

1937年七七事变爆发后，正在北平就读教育与新闻专业的燕京大学三年级学生张郁廉被迫中断学业，辗转流亡内地，因俄语出众入职苏联国家通讯社塔斯社驻汉口分社，成为早期受雇于国际通讯社的中国籍女记者兼翻译。之后，张郁廉随苏联军事记者团多次奔赴抗战前线，以救亡为己任，无畏生死，先后深入徐州、武汉、长沙等战区，一边当翻译，一边做采访，被当时的新闻界同行称为"中国首位战地女记者"。当抗战进入最艰苦的战略相持阶段，1939年5月，张郁廉陪同苏联著名摄影记者卡尔曼奔赴延安，在抗日军政大学的露天演讲场边聆听过毛泽东的讲话，访问过延安东北40里处拐峁的八路军军医院，见证了这片土地的勃勃生机。在此前后，张郁廉笔耕不辍，既写战地报道，也做翻译文章，是抗战时期少数兼具一线经历与国际视野的中国女记者。

在广泛搜寻档案史料的基础上，本书遴选和收录了张郁廉抗战期间创作的19篇原创新闻作品和翻译作品，按成文时间先后整理成册。其中，原创新闻作品多为张郁廉就职于塔斯社期间以战地记者的身份奔赴抗战前线写下的见闻与纪实，实地记录了徐州会战、武汉撤退等抗战场景，具有很强的现场感和画面感；译作译自苏联《真理报》《消息报》及苏联塔斯社等,旨在鼓舞抗战中的中国民众。不畏强暴、保家卫国的抗战主旨和反法西斯精神贯穿全书始终。

彼时的中国,正当国土沦丧、民族危难之时,中国人民在中国共产党倡导建立的抗日民族统一战线旗帜下,众志成城,抵御外侮。这些文字,有助于当年在炮火中救亡图存的同胞们了解前线战况,开阔国际视野,加强坚持抗战的决心,坚定抗战必胜的信念。现将张郁廉写于塔斯社时期的抗战文献结集出版,以供史料研究使用。

需要说明的是,最大限度地尊重和还原原作,是本书遵循的编辑原则。但由于时隔久远,少量原作字迹模糊难以辨认,不得不加以弥补;同时,鉴于当时的白话文尚处于成形期,有些表述习惯和标点符号的使用与今不同,为避免歧义,也在不违背原意的前提下谨慎地稍做修改;对译文原作者的姓名,除了保留原来的翻译,另以加注的形式给予说明;对唯一的译诗,为顾及押韵,则对个别词汇和语序进行了微调。

在搜寻和辑录的过程中,难免会存在这样那样的疏漏甚至偏颇,所收文章也难免有受限于时代认知与今不尽相符处,在此真诚地期待得到广大读者的批评和补正。

编　者

目 录

前言

文 存

3　国防文学
10　徐州最后的一瞥
16　中国空军战士
22　揭破敌寇施放毒气的阴谋
27　在前线
38　给苏联的作家们
49　陇海线上——前线杂忆之一
52　渡河——前线杂忆之二
54　世界第一个铁路女站长
57　她们——全世界妇女开路的先锋
77　苏联作家写作的中国抗战小说
91　第二次世界战争下的妇女劳动
103　苏联妇女
108　献给中国人民

114 在顿河上
120 在顿河上(续)
124 参加第二次世界大战之国家(表格)
134 意志
143 老夫子

影 像

151—161

附 录

164 白云飞渡情悠悠
　　——关于张郁廉在塔斯社时期的几个考证 / 杜南发

175 我与《抗战文存》的不解之缘(编后记) / 左中仪
183 一位战地女记者笔下的抗战史(编后记) / 姜龙飞

195 母亲、我们和《抗战文存》(后记) / 孙宇立　孙宇昭

张郁廉抗战文存

国防文学

【苏联】P. 巴武列林柯 作　张郁廉 译

【原作者简介】

P. 巴武列林柯（1899—1951），今译为彼得·巴甫连柯。苏联时期的俄罗斯作家。生于彼得堡的一个铁路员工家庭。中学毕业后参加红军，曾任红军指导员、政委。后在苏联驻土耳其商务代办处工作。先后担任苏联作家协会常务理事、最高苏维埃代表等职。其代表作品有《街垒》《在东方》《幸福》和《攻克柏林》等。曾4次荣获斯大林奖金。——编者

保卫祖国和战斗功绩的主题是和民族的历史同时产生的。叙事诗就是在这一主题之下生长起来的。历史的战场，在人们的眼里，并不是坟场，而是民族力量和国家成长的纪念地。

无论是《营中杂话》中的伊郭尔，或是古代传说中的尼给金或伊利亚·姆罗梅茨——这些都是人民自身的典型，都是人民追求独立精神的人格化的意志。这一意志到现在还在激动着我们，虽然我们已经忘记了民族英雄们所活动过的条件本身。当时的环境虽然忘记了，但性格还是活的，还在激动着我们，英勇的事迹还在令人神往。

就是在国家生活已经崩溃，社会的意识已经纷乱的时候，甚至在沙皇的压迫弄死了民众对祖国的情爱，削弱了对祖国的远大的将来之信心的时期，保卫祖国的主题，在民众和优秀艺术家的创作中，都没有说尽他的话。

普式庚（普希金）的《坡勒达瓦》和列曼托夫的《波罗丁诺》，所以深被民众所传诵，其原因就在于俄国人民在其独立极受威胁的时期所表现的勇敢和坚强，实在可以傲人。

国防主题的光荣的传统，从俄国有民谣起，经过普式庚和托尔斯泰，而传至苏联内战的伟大歌曲。这一光荣的传统，在十月革命以后，更富于新的革命内容了。

U.马雅可夫斯基和D.别德尼伊像举旗帜般地举起了这一主题。马雅可夫斯基的《俄国电讯社的窗户》和别德尼伊的《寓言》，以及二氏所作的标语，都成了内战几年间流行的口号、格言和警句。

塞拉菲摩维赤（绥拉菲摩维支）带来了《铁流》，福尔曼诺夫（富尔曼诺夫）带来了《夏伯阳》，法捷叶夫（法捷耶夫）带来了《毁灭》，因之，保卫社会主义祖国的主题更加扩大而巩固了。他们给我们展开了新的英勇的典型，并不是死亡的英勇，而是在列宁、史达林（斯大林）的旗帜下生活和创造的英勇的典型。当苏联的人民在和自卫军的决斗中获得了自由的和平的和社会主义的生活的权利的时候，他们就决定了全世界人们的命运。

当苏联文艺界第一次出现了关于这世界从未见过的公平的战争的书籍的时候，它就给了那成千成万的群众以描写很好的经验——怎样去为社会主义而斗争，怎样去争取胜利。

夏伯阳的典型逐渐成了全世界的典型。但他只是英勇的革命所早已造成但尚未被艺术所反映出来的许多人们当中的第一个罢了。

阿克诺也夫的头几首关于红色海军的歌曲也产生了。V. C. 伊凡诺夫描写了西伯利亚游击队中一个中国佃农曾经怎样为俄国革命而奋斗。巴伯尔描写了骑兵第一军的英雄们。比尔·别洛才尔可夫斯基和拉夫林尼夫把英勇的革命海军在舞台上表现出来，在戏院中公演。肖洛霍夫描写了红色顿河的英雄们。V. O. 伟什涅夫斯基重新以骑兵第一军和波罗的海的海军兵士为主题，把苏联内战时期的英雄们穿插到今日的西班牙的斗争中，作为伟大的全欧事件的直接参加者。A. 诺维可夫·卜里波伊的《对马岛》是叙述俄国海军在无能的海军将官的手中覆灭的一本书，它竟成了一本教训的书和一本水手光荣的书。

A. 托尔斯泰的《在痛苦上行走》、K. 费金（费定）的《城与年》、马雷什庚的《谢瓦斯朵波尔》、斯达夫斯基的《强于死》、罗曼朔夫的《火烧着的桥和战士》、L. 尼古林的关于内战的小说，以及索伯列夫的《资本的修理》、斯罗尼姆斯基的《列文涅杂话》和《回境卫士》、拉宾的《伟业》、L. 泸宾什坦的《武士的途径》、M. 查尔可的《朵别尔朵》、郭尔聂楚可的《舰队的覆灭》、伟尔达的《孤独》、P. 巴武列林柯的《在东方》与牙诺夫斯基……把保卫社会主义祖国的主题，发挥得更加广泛而深刻，以多样的世态画的方式展开了。他们重新来察看苏联内战的英雄，有的把眼光放大，描绘未来的战争，有的表现红军的生活、战士和指挥官的典型和性格，有的则展开了国外无产阶级先锋斗搏的图画，或者给苏联的读者描画敌人的形象。

在西班牙观察很久的M. 柯尔曹夫更给这个主题充实了战斗的热情；距国防主题很远的E. 爱伦布堡老早就对它有深刻的理解；U. 柯达也夫在他的最近的一本书里面，也走向了这个主题；L. 斯拉夫在《继承的人们》以后又回到了这个主题；G. 费什、阿希拉冒维赤·波来克、瓦深曹夫、别尔文曹夫和其他许多同志，都不倦地以表现苏维埃人的战斗的主人翁为终身事业了。

关于跟国防文学多少有关的散文著作，这里已经略加以浏览（至于其他论及内战问题而意义与本质均系国防的书籍，姑不涉及），现在我们应当把苏联的国防诗歌再提出来说一下。

经过二十年的发展，苏联战斗的红军歌曲，已成了全世界劳动大众的歌曲。在玛德里（西班牙首都马德里）和上海的战壕中，在巴黎的街道上，在法西斯的监牢中——到处都唱着它们。马雅可夫斯基、别德尼依、阿塞谢也夫、其洪诺夫、苏耳可夫、查罗夫、顾谢夫、郭罗德尼依、陆戈夫斯基、曹罗郭非耶夫、阿尔托道森、斯威特罗夫、刹亚诺夫、列别皆夫、顾玛查，以及苏联其他国防歌曲作家和歌咏家的名字，都为广大的群众所熟悉而敬爱。

那在和平的生活中所歌咏的，将来在斗争中也要歌咏的。远在苏联的境界以外，就早已都爱唱苏联的歌曲——在十月革命纪念日的前夜，这是值得回忆一下的。苏维埃的歌曲不止一次曾领导过战士去作战，现在也正在领导着他们，将来在列宁、史达林旗帜之下还要领导他们达到社会主义生活的、光荣的、历史的胜利。但十月革命的二十周年是一个境界，它在国防作家的面前提出了更复杂和更重要的任务。

我们国防文学的作者，需要深刻地掘发我们苏维埃人民的历史，选出人民战争的最英勇的几页，给全世界看。对于内战的叙事诗，还要特加注意，以便创作几本关于史达林统帅、伏龙芝、伏罗希洛夫、布登尼、布留核尔、谢尔斯等的读物。关于今日红军的英雄们，关于保卫苏联边境的、著名而有功绩的战士，关于国境卫士的平日的英勇，也需要加以描写。

现在苏联关于红色海军和红色空军的读物，也为数很少，关于指挥官——苏联的英雄们的读物，更其没有。

关于苏联可能的敌人的读物，关于未来战争的读物，关于中国抗日战争的英雄们的读物，也都是很少的。

这些都是我们所急需的。

马特·查尔库（鲁卡赤将军）队伍中的国防作家的干部，是坚固而顽强的干部。柯尔曹夫的创作，就是例子。

保卫祖国的主题，正在生长着，吸引了一批一批新的作家，在思想创作上训练他们，武装他们。这是苏联的力量和光荣的主题，是苏联红军的力量，苏联各民族一体的主题。这个主题的前途是很远大的，广大的读者正在等待着这个主题。这尽忠于苏联胜利、尽忠于苏联幸福、尽忠于苏联前程的旗帜的主题！

译自1937年10月30日苏联《文艺报》
原载于1938年4月《文艺阵地》（创刊号）

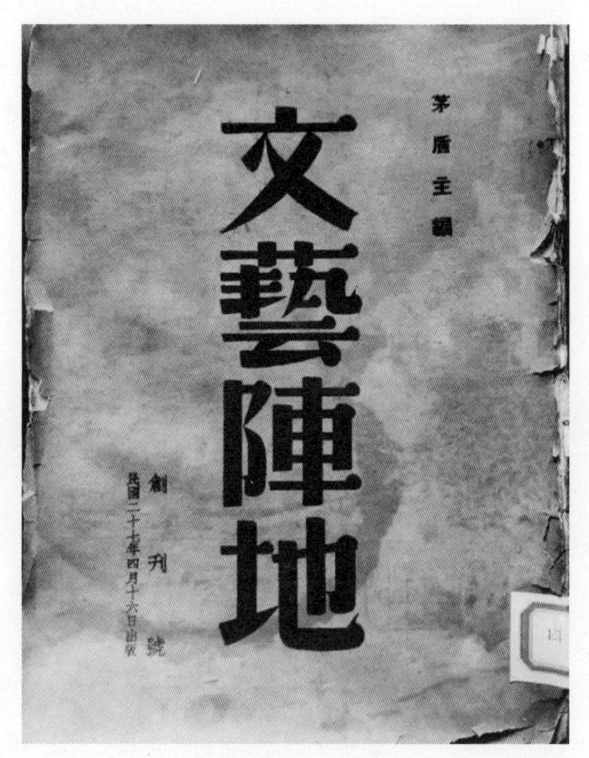

《文艺阵地》(创刊号)

徐州最后的一瞥

张郁廉 作

【编者按】1938年1月至6月，中日双方大规模集结军队，以中方约60万、日方约24万的兵力部署，在以江苏徐州为中心的津浦、陇海铁路地区展开一场战略性攻防大战，史称"徐州会战"。其间（3月23日—4月7日），中国军队在时任第五战区司令长官李宗仁的指挥下，于鲁南台儿庄一带，击退日军第5、第10师团的联合进攻，以伤亡3万人的代价，歼敌11984人，取得了震惊中外的台儿庄大捷。但自5月上旬起，日军不断增兵，逐步形成对中国军队的合围。为了保存有生力量，5月16日，第五战区长官部下令各部向西突围。经过多日激战，中国军队最终全部跳出包围圈。5月19日，日军占领徐州。

徐州会战期间，时为苏联塔斯社驻汉口分社译员的张郁廉，受社长罗果夫派遣，以战地记者兼翻译的双重身份，随同谷里宾斯基等苏联军事记者团成员，前往台儿庄前线采访，从而被当时的新闻界同行称为"中国首位战地女记者"。突围途中，张郁廉与苏联军事记者团一行昼伏夜行，历经21天艰难险阻，直到6月初才最终安全回到汉口。

6月7日，由《新华日报》编辑部倡导、中国青年新闻记者学会发起，组成《徐州突围》编辑委员会，登报征稿，广泛收集参加徐州突围的军政人员和新闻工作者所写的亲见亲闻。正是在这一背景下，张郁廉撰写了此文，并被收入该文集中。

徐州最后的一瞥

五月十四日，敌机第一次轰炸徐州城里。掷过几次炸弹后，敌机稍稍飞远了，我们赶紧慌忙地从花园饭店跑出来。大同街上堆满了泥土、砖瓦、石块，电灯和电话杆横竖地躺着，断了的电线满了街道，前边四五丈高的钟楼也没有了顶。胡同里照样过不去，好容易穿过一个小巷，一座茅屋在烧着，有哭叫声，我站住了，以后本能地又向前跑去，一直跑到云龙山旁的麦田里，头顶上，敌轰炸机又一批一批地飞过去了……这时，我们都在担心着司令长官部里的长官们和工作人员的安全，他们每天都工作到夜深两三点钟，而今天早晨敌机来得特别早——五点钟就成群分批地飞来轰炸了。傍晚到中央社，听说司令长官部要将他们一部分工作人员先送走，也希望我们走。急忙到长官部等车出发。白天敌机炸坏了的陇海路轨，没有赶修起来。天亮了，我们移着疲倦的步子向云龙山走去。很多推单轮车和背包袱的人和我们走着同样的方向，有稀疏的炮声从西南方传来。

十五、十六日的白天都在松林里过去的，夜里就到长官部等车。在这里，每晚都遇到一些熟识的脸，焦急地等待出发的消息。《徐报》《动员日报》报馆十四日被敌机炸坏了。没有报，消息无从知道，只听西南来的炮声渐近渐密了，据说萧县和霸王山一带有战事。

十七日，敌炮由霸王山打到城里，炮弹从头上过，爆炸得很近，

徐州最后的一瞥

敌机也不断地飞来轰炸。早晨就跑到南门外段家花园临时长官部。长官部里的每一个人,都在忙着工作,从高级指挥官到守卫的兵士,都极镇静、沉着、严肃,尽责任、守纪律。我们慌忙跑来的一群,觉得惭愧了!见着郭处长,他告诉我们晚间七时有车送我们南下去宿县,让我们先回去。宫科长像往日一样,穿着一套整齐的军装跑过来,告诉我们萧县打得很好,我们很有把握……这时,敌机一架来侦察,大概看出这里人马多,掷下几个炸弹,炸伤两个人,炸死一个勤务兵和一位参谋。敌机去后,恐怕敌机已发现目标再来轰炸,先让我们和儿童保育会五位女同志、王昆仑先生、中央社三位记者和另外几个人乘一辆车南下。在门口遇到李长官(李宗仁)、白副总长(白崇禧)和一些官佐们乘车向城里去了。

我们就这样离开了徐州。以后知道,长官部十七日因避敌机轰炸回到城里旧址继续工作,以后因为炮弹落到那里,又重迁回到段家花园,在不受到无谓损失下,守到最后一刻才安然退出了徐州。

原载于1938年7月生活书店(汉口)出版的《徐州突围》

徐州最后的一瞥

《徐州突围》

徐州最后的一瞥

徐州云龙山留影

徐州最后的一瞥

突围途中,夜行昼伏

中国空军战士

【苏联】罗果夫 作　张郁廉 译

【原作者简介】

　　罗果夫(1909—1988)，全名符拉基米尔·尼古拉耶维奇·罗果夫。苏联著名汉学家，俄罗斯人，苏共党员。1930年—1934年在哈尔滨工作。1937年起任塔斯社远东分社驻华记者，先后担任塔斯社驻汉口、重庆、上海分社社长，驻华使馆文化参赞，苏中友协副主席等职。抗战期间，曾撰写过大量反映中国人民反抗日本帝国主义侵略的文章，并在中国创办电台、报刊和出版机构，积极支持中国人民的民族解放事业。曾经翻译出版了不少鲁迅原作，并将《白毛女》等一批中国革命优秀文艺作品介绍给苏联读者，同时也将普希金、高尔基等俄国文艺作品介绍给中国读者，为苏中文化交流做出过巨大贡献。——编者

中国空军战士

中国空军在自己很短的历史中，添写了许多光荣之页。这使世界意想不到，更出乎日本军人的推测。如轰炸黄浦江上的日舰，保卫南京上空，轰炸天津附近的塘沽，轰炸台湾，二月十八日、四月二十九日和五月三十一日的汉口空战，远征日本，轰炸长江中的日舰，等等。这是抗战一年来，中国空军光荣事件的基础。在十一个月中，中国空军共炸毁了日机六百架，虽然年幼的中国空军在战争中遇到了质与量都优越的日本空军。

中国空军成功的最重要的原因，是因为它有忠心爱国的空军战士，在很短的时期中，就有了许多空战中的英雄了。这博得了全世界报章的赞颂。殉国的勇士们有高志航、乐以琴、刘粹刚和李桂丹，他们是抗战开始就加入空战的"老前辈"中的中坚分子。英勇的空军战士在队长徐焕升的领导下远征日本，让日本知道了中国空军有轰炸日本的技术和人材。抗战一年中，中国空军教育了许多勇敢的战士，而且随着时日，越来越多。现在，一批新的中国空军战士来参战了。

最近几次轰炸长江中的日舰,就表现了他们卓越的轰炸技术和空战的能力。这两个月来,他们炸沉的和炸毁的日舰和轮船,共计在七十艘以上。

晚间在航空委员会,我遇到了两位刚从南昌回来的中国空军战士。

队长柳哲生是湖南人,他只有二十四岁,但他的传记差不多可以代表中国空军的全部历史。他从抗战开始就参加空战了。三年以前,他刚从中国航空学校的前几期毕业。

沪战开始后的第二天,即八月十四日,中国空军从杭州机场出发,轰炸黄浦江上的日本旗舰"出云"号和其他兵舰。全市人民都用空前的热情欢迎第一次在空中出现的中国飞机。千万市民拥挤在屋顶上和街道中,鼓掌、欢呼、高唱,迎接日本使馆对江每一个炸弹的爆炸。几小时以后,日本轰炸机九架飞到航空学校所在地的杭州飞机场轰炸,就在这里发生了第一次的空战。柳哲生与李桂丹队长和其余两个战友共击落了四架日本轰炸机。这是第一次的空战,也是中国空军第一次的胜利。柳哲生在他初次的空战中,击落了一架日机,但他自己的飞机也被击伤了。等他降落后,不几分钟,他的飞机遂被日机完全炸毁。柳哲生以后驾驶的是轻轰炸机。他在九月十八日东北失陷六周年纪念日参加过两次上海的夜袭。"我们在高射炮猛烈的射击和探照灯照耀之下飞行。那夜,我们没有尽情地轰炸他们,但是据外国军事家的估计,日军在这一夜里,消耗了他七百万金圆。五个月以后,二月十八日,我参加了汉口的空战,击落了一架日本驱逐机,并且与战友三人又打落了一架。我们有充分的权力说中国空军胜利了!年幼的中国空军,不但使日本改变了对我们傲慢轻侮的态度,而且在数量上也使日本惊骇了。在五月三十一日的汉口空战中,双方力量是相等的,但敌我损失是十二与二之比。在这一战中,我又击落了一架驱逐机,追上了那个从飞机上跳伞下来的日本飞行员。他举手乞怜,我就没有射击。过了几天在汉口,我认识了这个日本空军俘虏。谁都知道,日本不但轰炸不设防的城市,并且射击从飞机降落的飞行员和杀害俘虏。我很高兴能告诉您,我们现在的技术已不让日本空军了,而且我们空军的战斗精神和爱国热忱也远胜日本。"

第二个谈话的是富有经验的王玉琨队长。他是北平大学生,一九三四年在杭州航空学校毕业。

"就在退出南京的最后一刻,"他起始这样说,"我奉命将正在赶修的飞机驾出来。飞机在夜晚十一时修理完毕。清晨四时,我们最后一批离开了南京。日军从东南各城门侵入南京,全城都在火烧中。半个钟头之后,我们刚飞到南昌,就遇见警报。我又护机飞出,完成了任务。不但没有把飞机留给日本,而且保护它到了目的地。我参加的第一次大战,是二月十八日的汉口空战。在这一战中,我击落了一架驱逐机,而另一架被我击中起火了。空战到最后,有日机三架向我围击。我腿部虽然已经受了伤,但还是逃走了。在医院里躺了两个星期,一直到完全复原了,才又参加南昌空战。在这里,有一次我的飞机受伤了,但我仍然设法救出了飞机和我自己。中国空军战士在战斗中永远是奋勇迎战的,只要两方力量相等,我们总是胜利者。战斗中最重要的是彼此协助，战斗的把握是不宜做无谓冒险，应当爱护飞机，这是我们训练战士最基本的质素。"——所谓的"老前辈"只有二十六岁。

柳哲生参加过十几次的空战，驾驶过轻轰炸机和驱逐机。王玉琨也参加过十次以上的空战，他还做过空战战士的教官。他说："在战前，我不知道什么是空战，直到现在，我才知道这是一件平常的事。"年轻的忠于祖国的空军战士们，为民族独立而斗争的人，空战对他们成了平常的事情了。

译自1938年8月16日苏联《真理报》（于汉口）
原载于1938年第15期《中国的空军》

中国空军战士

《中国的空军》（1938年第15期）

揭破敌寇施放毒气的阴谋

【苏联】卡尔曼 作　张郁廉 译

【原作者简介】

卡尔曼（1906—1978），全名罗曼·拉扎列维奇·卡尔曼。苏联著名新闻电影经典大师、摄影家、作家，曾荣获苏联"社会主义劳动英雄"和"人民演员"称号。出生于乌克兰敖德萨的一个犹太家庭。1932年，毕业于苏联国立电影学院摄影系。1938年9月，以苏联《消息报》特派摄影记者和苏联中央新闻电影制片厂摄影师身份来华，报道中国人民英勇抗战的情况。此前，他曾在西班牙连续工作11个月，摄制了20多部西班牙人民英勇反击法西斯的新闻影片。卡尔曼来到中国后，先后到过弃守之前的武汉以及长沙、桂林等地，沿途拍摄了大量影像资料。根据这些影像资料编辑制作的第一批影片《中国在斗争中》，在苏联各地上映。在中国期间，卡尔曼除拍摄新闻纪录片外，还为苏联《消息报》采写通讯稿。1939年，他专程去延安，记录下陕甘宁边区欣欣向荣的景象，并多次受到毛泽东等中共中央领导人的亲切接见。卡尔曼在中国的一年中，张郁廉作为翻译，协助他辗转各战场拍摄采访，并一同前往延安。

本文是卡尔曼在华期间采写的一篇通讯稿，记述了在著名的万家岭战役中，中国军队全歼日军第106师团时，缴获由师团长松浦淳六郎中将签发的绝密文件《第38号作战命令》，从而揭露了日军公然违背国际公约、在侵华战争中使用毒气弹的罪恶行径。——编者

揭破敌寇施放毒气的阴谋

在中日作战的前线上工作的摄影师，除了携带已够沉重的摄影工具外，还要加上一件同样重要而不能离开一步的东西——防毒面具。

从事件（指卢沟桥事变——编者）发生的最初几天，日军就开始大量地使用毒气。没有化学设备的中国战士，在日军施放毒气的时候，整营地牺牲。日本帝国主义在中国实行化学战争的消息，很缓慢地在世界报章上发表，很谨慎地报告日军施放毒气的"地点……""事情的发生"和"施放毒气的局部区域……"。对于这些，日本军人当然完全否认，称此为"没有根据的谎言"，并且以中国自己故意毒伤士兵之说，来混淆和迷诱文明世界的社会舆论。

法西斯蒂它们什么都可以否认，可以无止境地否认，只是很难否认带有印章和签字的军事命令，尤其更难否认一位这样出名的松浦中将——日本皇军一百零六师团的师团长亲自签字的文件。

这份文件，是中国军队击破日军一个师团的时候所获。中国方面缴获过许多同样重要的秘密命令，这些文件都是日本武士们为保全他们的兽皮逃命的时候遗弃的。现在这份文件已经成为外国记者和世界舆论的重要证据了。

在几页写满日本字的纸上，是一份于八月二十五日十三时下发的绝对秘密的第卅八号作战命令。命令由一百零六师团长松浦中将亲自签署。命令同时附有在中国中部作战时使用毒气筒和毒气弹的要领。这份详细的要领分为五项,每一项又分为数点,现在写出几项来。

其中第一项第一点:"为图战斗的进展,必得使用毒气,虽然使用毒气以局部的为原则,然依状况可大规模地使用。"

第三点:"毒气有效时间极短,务必利用其成果,即行冲锋。"

第二项第三点:"当最前线部队有利地施放了毒气,应不失时机。通常佩戴上防毒面具,勇敢地突破其纵深。在扫荡残敌时,应当组织有力的扫荡队。"

第四点:"施放毒气的时候,各部队应当确定各局地的风向,以得到于自己无害而有成效的良好结果。"

关于组织临时化学队的问题另有规定。命令说,规定已由华中日军司令部印刷分发,题目为《毒气发烟筒及发烟弹的用法及其成果之利用法》,即《特别规定第二号》。

第六项是八月十八日一百四十五联队所汇报的关于《徐州会战使用毒气筒及毒气弹的成果和利用法》,已印刷分发。

第五项指示是关于使用毒气弹的保密问题。这一项值得重点指出:

一、毒气应当与普通烟混用,但进攻有第三国人居住的城市和乡村的时候,绝对禁止使用毒气。

二、使用毒气以后,特别要毁灭所有痕迹,使用后之毒气空筒,必须深埋于土,或者投入水中。(松浦先生,是不是要让人不知道?——作者)若有发火不良的毒气筒,应将其击碎,埋藏土中或投入水中,或者到毒气炮兵

揭破敌寇施放毒气的阴谋

《新华日报》(1939年1月5日)

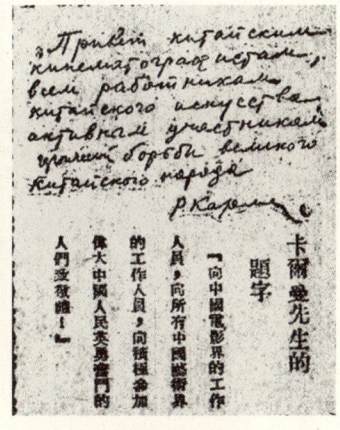

卡尔曼先生的题字

卡尔曼先生题词译文：

向中国电影界的工作人员，
向所有中国艺术界的工作人员，
向积极参加伟大中国人民英勇
奋斗的人们致敬礼！

揭破敌寇施放毒气的阴谋

厂换取。

三、使用毒气攻击的时候，务必将敌人完全歼灭，以免泄漏施放毒气之事。

四、毒气筒外壳和箱子上的"红筒"或"红弹"的标记，应当预先擦去。

五、关于使用毒气的注意事项，须尽量避免使用印刷品。不得已时的笔记和印刷品，应谨慎保管，不得遗失……

中国英勇抗战的战士，揭破了日军掩饰的最末一项命令。这位出了名的将军，没能将这份揭露了胆怯的日本军阀真面目的文件保存好。也就是说，他们不敢信任自己军队的作战能力，而必须使用毒气，来对付中国的战士和"没有第三国侨民"的城乡。

我们知道许多例子，知道没有防毒面具的中国战士怎么样在日军施放的毒气中不放弃自己的阵地；在毒气的包围中，他们战斗到最后一口气时，仍然在用重武器和机关枪扫射进犯的日本步兵。

关于这些，举世皆知。即使那些忙于解释的国联盟的绅士们，也很清楚地知道。千万中国人民也知道这些。他们在自己同胞的坟墓前低着头，高举着战旗，抵抗着残酷而胆怯的日本帝国主义。

译自1938年11月4日苏联《消息报》
原载于1939年1月5日《新华日报》

在 前 线

张郁廉 作

【编者按】七七事变后,全面抗战爆发。作者张郁廉被迫中断学业,南下流亡,旋即投身于抗日救亡工作,凭借娴熟的俄语成为苏联塔斯社驻汉口分社的一名俄语翻译兼记者。时值1937年岁末。

入职不久,张郁廉先后随苏联军事记者团、苏联著名摄影记者卡尔曼奔赴中国抗战前线,冒着战火硝烟奔波于各大战区。从台儿庄大捷到徐州撤退,从长沙城大火到重庆大轰炸,破碎的国土,百姓的悲苦,战事的惨烈,将士的忠勇,无不锤冶着张郁廉的心,使之从一名弱女子迅速成长为以笔代戎的英勇战士。

本文即是她战地记录的片段之一 。

在前线

从武汉撤退说起

　　北平西山上的枫叶该红透了。去年这个时候,我沿江由南京来;今年的这几天,汉口各码头上挤满了逃难的人,轮船上再也容不下一个人了。几家合租一只大木船也是没办法。已经有无数的木船,撑着篷帆向西去了。女人弯着腿,一个靠一个地坐在木船里,身上抱着哭叫要吃的孩子;有的孩子依着妈妈的胸,正甜蜜地睡着。男人们忙来忙去,焦急地往另外的小船上装行李。这里的小贩撑着伞,摆起了食摊,有面,有饼,有加辣椒的咸菜。一个八九岁的女孩子,梳着扎红头绳的小辫子,看守着一大堆行李。我问她:"你到哪里去呀?"她掉过头来,笑了,说:"吾坐船!"是苏州口音。

　　武汉五千多人力车夫,十九日集中桥口,分三日,分数队离汉。他们可以携带家眷和车子,市政府每人发给国币一元。为了避免遭受敌人的屠杀,廿一日,人力车夫已全数离开了武汉。这是人力的保全。武汉街道上,除了少数私人的包车外,再也见不到一辆人力车了。廿日上午,过江到武昌,从蛇山黄鹤楼下望武昌全市,没有一家烟囱冒烟,街道上也很难看见行人,只有江里无数白帆逆水向西移动。汉口法租界倒比平时热闹了,在绕着电网的木栅门里,安南(越南的古称——编者)兵戴着宽大的黑色巴黎便帽走来走去,保护里面正在歌舞的"特种人"。有消息说,特三区将成"难民区",由英国水兵保护,所以无力逃走的同胞们,扶老携幼,背着锅瓢,往靠近法租界的特三区迁移。谁也不知道，我们这些无辜的兄弟姐妹们，将会受到什么样的遭遇。

武汉三镇原有居民一百五十万，经几次疏散后，除法租界十五万外，剩余无几。

十九日，有机会遇到朝鲜义勇队的队员，一群年富力强的小伙子，正在听着政治部周副部长①讲演。他们都是不愿在日本帝国的铁蹄下做奴隶的人，为了争取朝鲜的独立解放，他们暂时离开了家乡的亲友，满腔热血地跑到中国，和中国的人民一起来消灭世界强盗日本军阀。他们这一队，即将分发各前线，参加实际抗战工作。

汉口各报纸除《大公报》十八日停刊迁渝外，其余《武汉日报》《新华日报》《扫荡报》均缩减篇幅，照常出版。

这是"武士道"

武汉最后几天，整日在警报中。敌机无耻地追逐江心满载妇孺和非武装难民的船，对这些和平的老百姓大显他们"武士道"的威力。他们每次轰炸后，还要低飞扫射。被炸沉的船，大小有十几艘，死亡人数总在一万以上。那是廿二日的早晨，紧急警报刚刚拉过，敌机已出现在汉口上空，在徐家棚和旧日租界外平汉铁路两旁的地带投掷炸弹。当敌机飞去，十分钟以后，我们赶到被轰炸的地方。茅屋在烧

---

①即周恩来。1938年，周恩来参与领导长江局所属地区中国共产党的工作，推动国民党统治区抗日民族统一战线的组建和发展。3月，任国民政府军事委员会政治部中将副部长。

——中国政府网

武汉遭日军轰炸

着,火焰随风蔓延,几分钟内,十几所茅屋都燃烧起来了。居民从火里抢救他们仅有的破旧的棉袄,哭叫、呻吟、怨恨充满了这几条小街道。一个女人正弯着腰,扶着炸伤了的丈夫,他半身都是血;另一个男人躺在草地上惨叫,血肉模糊,看起来是不会活了;就离这不远,躺着一个脸向下炸死的女人……有一段路轨炸坏了,英勇的铁路职工正在努力赶修,我们的交通是不会断的。

廿四日夜里,汉口各街道阴沟上的铁板,都启下运走了。敌人除了空城,得不到什么。

廿五日早二时,我们不能不离开武汉②。我含着泪,上了车。我

②1938年10月25日,中国军队弃守武汉。当晚,日军先头部队进入汉口市区,武汉沦陷。

和一位同情我们抗战的外国朋友③乘坐一辆车。车往北，经应城向西去了。此时，两个人的感觉，绝对不会是一样，他不会有什么深痛的感觉。

××④访问俘虏

十一月九日

上午有机会去看刚到××的日本俘虏。他们一共十三人，低着头坐在路旁，有的伤还没有好，脸上缠着纱布。这是一条黄泥的山路，路的左边是耸立的绿山，××市就在路的下边。古老的金黄瓦的庙宇顶在日光中闪烁，恬静、和平笼罩着这个小村落。我起始问一个在大学里读过两年的俘虏汤田良仁。我问他为什么到中国来打仗。他默而不语，以后又说他自己也不知道，是征兵强迫来的，初来时只知道到华北，很快就可以回去，没有想到根本就没有回去的日子了。又问另外一个俘虏谷一市，问他日军捉到中国兵士们的时候怎么样处置，是否活埋？砍头？这个带小须的日本兵狡猾地说："杀中国俘虏的事，我从来没有看见过，也没有听见过。我只知道把他们都送到后方去的。"我们拿出从日本兵身上得到的日记本给他看，上面写着："将所有捉到的俘虏处死。"我起始恨我眼前的这一群，他们是受了日本

---

③指苏联摄影记者罗曼·卡尔曼。
④原文如此。战争时期，但凡涉及军事题材，出于保密需要，作者均按规定隐去了一些重要人物的真实姓名、地名和部队番号等。

在前线

军阀欺骗的盲目的野兽！他们不知道杀死了多少我的兄弟姐妹……正当这个时候，晴空中传来了"当当"警报钟声，我们散开了。敌机轰炸×山，炸弹爆炸的声音刺着我的心，每一声下，不知道多少人没有了家，几百几千无辜的老百姓（被）炸死了！当我回到这批俘虏前，我压制不住我的愤恨，我能亲手杀他们！我愿意看日本野兽们的血！此恨此仇是永世永代的了！我活着就是为替我们已牺牲了的姊妹兄弟们复仇。

"你们放心，中国不杀俘虏的！几天以后，你们都会穿上新的干净的衣服……"临走时，这是同伴张的话。

审问日军俘虏汤田良仁（于长沙） 　　审问日军俘虏谷一市（于长沙）

从长沙赴前线

十一月十二日

总理诞生纪念日。冷落的长沙街道上挂着蓝色的标语，所有商店、银行都关门了，只有几家卖皮箱的在做着投机的生意。白天街道上行人很少，只有武装战士往来其间，和一些零散的伤兵。这是为国为民流过血的战士，我们应当怎么样地爱护他们？

晚八时，离长沙向北去前线，有长官部王参谋同去，经高桥、金井到×总司令部。汽车留在公路旁，我们随挑夫绕山前行，在一个小小的村庄停下了。副官处给我们找了一个堂屋睡，四边透风，木板上放了一些稻草，一盏油灯发着一点点的光亮。忽然在屋角发现一口大黑棺材，上面盖着草。这间古老破旧的屋子，立刻使人觉得神秘了，是带着一点恐怖的不安。我躺下遮上了头。以后我听见有人来，把油灯拿走了……

会见×将军

十一月十三日

早晨起来，去见×将军。他详细地说抗战以来我们的战士们作战极勇敢的情形。

下午五时，离开×总部。到公路已近七时，乘车再往北，向×总司令部去。三个钟头以后，到了公路附近的招待处。从这里还走七八里，到副官处。遇《武汉日报》记者周海萍，我们曾在徐州遇见过。天已晚，我们到另一个小村子住下了，预备明天早晨去拜见×总司令。

×军的女同志

十一月十四日

很舒服地睡了一夜。早晨有人来请到×总司令处吃早饭。×总司令的相片，我早已见过，谈了几分钟话以后，就让人心里觉得很舒服，他态度诚恳，朴实，坦白。

饭后，有附属总部的战时工作队代表来，其中有两位女同志。一位短小矮胖，河南人，曾在济南做过小学教员和校长，她头发剪得像男人一样短，身上穿着一件单薄的绿布军服，她是去年十一月考入×军做政治工作；另一位简直看不出来是女孩子，叫马桂岑，她也曾做过小学教员，她说抗战以后，她曾在开封等地参加过后方抗敌后援会，不过工作没有多大成绩，所以当时决心要拿枪去杀日本鬼子，因此加入了×军战时工作队。第一期有工作人员一百多人，其中有三十位女同志，经过三个月的训练，然后分发到各部队工作。现在在×总部有政治工作人员三十人，有九位女同志。他们的主要工作是，每到一个地方，召回居民，对居民尽可能加以训练和组织，组织临时市场，助捉汉奸，救护前线轻伤战士，派工作人员到敌人后方探听敌情。我们一起到她们住宿处，绕着小桌起始谈话。在这里，遇到一位高个儿尤姓女同志。她是甘肃人,很健谈,长得很美,有一双大的黑眼睛。就是这位尤同志讲了一个很动人的故事。她说有一天夜里,她们一行二十个人,行军走到一个离通城六七里远的小村子。她们在村边找到一所茅屋,起始轻轻地敲门。一会儿,一个老婆婆手拿着油灯开了门。她们把来意讲给她听,请她让她们借宿一夜。老婆婆听了以后,立刻请她们进屋,把她仅存的菜米都拿出来了,甚至把保存不知多少时候的半罐盐也拿给了她们(湖南缺盐)。因为老婆婆有病,所以我们的女同志力劝她睡下,说她们有了东西,自己就可以做着吃了。老婆婆无论如何不肯。她说:"你们替老百姓打日本鬼子,已够辛苦了。"她亲自把饭菜做熟了,拿给这一群女兵吃,并一直就坐在她们旁边,看她们吃完了,都吃饱了,才去睡。

在湖南乡间,在×总部吃过提前的晚饭,我们和×总司令骑马到公路。这里风景美极了。湖南的乡间很富庶。我们在稻田的小路上走着,四边全是水田,整齐的房屋在山前,山上绿松夹杂着红叶,夕阳中,稻田里映着小路上的马影,我们一步一步地走着。×总司令伴我们到××军军部,他有事和各军长、师长们谈。在这里,我们休息了一个多钟头,以后又继续我们的路程。沿途下马过桥,这样走了很久很久,一直到夜二时才到了××军军部。

今天上午听到长沙大火⑤的事情,这是我们十二日离开长沙四个钟头后发生的。据说长沙完全烧光了,损失极大。

---

⑤指1938年11月13日凌晨发生在长沙的人为纵火事件,又称长沙"文夕大火"。

在前线

明天清早将去第一线××山一带。据说沿路这一线，战事最近很沉寂，敌主力转岳阳沿粤汉铁路疯狂进犯。

一位青年战士

十一月十八日

在返长沙的路上，今夜预备到××地××部留宿。沿路上除了一些到后方整理的部队外，找不到居民。过了平江，又走了三四十里，目的地该到了。王参谋下车问路。夜是静的，天上的星斗今夜特别地多。为什么我认不出"道士星"来了？K⑥和我悄悄地在打着盹，等问路者的报告。我忽然听见有轻轻的脚步走到车旁停止了："我有病，我可以坐坐你们的车子吗？队伍在前面，我落下了。"车窗前站着一个年轻的战士，披着灰毯，黄瘦的脸上闪灼着一对大的凹下去的眼睛。我全身一战，这一双眼睛太像我的弟弟了！近来常常想到四年不见的亲弟弟，不知道他在东北怎样生活。他有血性的中华青年，怎么能忍受日本强盗的压迫和欺辱？有的时候，我想他一定离开家到深山里做游击队员了。这些天，我一遇到受伤战士，总是不自觉地、细细地看着他们的脸，心想：或者弟弟被日本强盗强迫来和自己的同胞作战，那他决不肯，或者设法跑过来……我们的车子太小，没有办法带他。王参谋问路回来，知道还要往前走。车开了，我们病了的战士站

---

⑥即苏联摄影记者罗曼·卡尔曼。

在路旁。我的心经过几个钟头，还感到酸痛。夜是静的，我不知道在想什么。王参谋说他认识方才那位战士，去年他在××师做团附的时候，要求坐车的战士是位班长。

××地没有找到，而汽油用完了，只好把车推到路旁，用树枝伪装起来。在车中坐着睡，等天明再问路找汽油。

踏上伟大的征程

十一月十九日

天亮的时候，才知道我们已走过××地十余里了，××部也已迁到长沙，只有几个人留守。王参谋已打过电话到长沙，请他们送两听汽油来。

一直到晚，还不见送汽油的来，我们烧起了火堆取暖，一有汽车声音，我就跑到路上接。已是深夜二三点钟了，我站在公路旁，忽然有脚步声沿路向我走来。我立刻用电筒照了一下，是一位战士。他走到我面前站住了，经过几次问答后，他兴奋地说："你原来是女同志啊！……我伤已经好了，所以现在赶回去杀日本鬼子，总得把他们杀尽，才算完。"脚步声又渐渐地远了，他踏上他伟大的征程，英勇的中华战士！

1939年2月苏联塔斯社战地通讯稿

给苏联的作家们

【美国】U. 辛克莱 作　张郁廉 译

【原作者简介】

U. 辛克莱（1878—1968），今译全名厄普顿·辛克莱。美国著名现实主义小说家。出生于马里兰州巴尔的摩一个没落贵族家庭。15岁开始为一些通俗出版物写稿，半工半读。先后就读于纽约市立学院和哥伦比亚大学。1902年参加社会党，曾对芝加哥的劳工情况进行调查，写出著名长篇小说《屠场》，揭露美国劳工恶劣的工作环境和悲惨的生活条件，成为20世纪初期美国文艺界"揭发黑幕运动"的第一部小说。以后，他又有数十部类似的长篇小说问世，曾获得普利策小说奖。其代表作品有《煤炭大王》《石油》和《波士顿》等。其中，《石油》被改编成电影《血色将至》，又名《黑金企业》，并荣获第80届奥斯卡金像奖。　——编者

给苏联的作家们

很久以来,我就想写一本小说。小说里的事情,一部分发生在美国,一部分在苏联。我没有到过苏联,而且不懂俄文,这两个原因,阻止我实现我的计划。展开小说的内容叙述,是需要素材积累的,但是此类素材,很难从英文文学里汲取,因此我就产生了一个念头:或者,苏联的作家中,有人愿意和我分担这项工作,用合作的方式来参加到这项具有"国际"意义的文学创作中来。要评判我这个设想实现的可能性,惟有让合作方基本明了这篇小说的创作构想才可以,所以我有必要首先将内容框架简述如下。

书名拟称——《红金》。

在西方某联邦的工业中心区,有一个大规模的公司,制造各种电气机器材料——从电灯泡到大发动机。小说的主人公——哲拉尔德·艾宛斯是一个年轻的美国工程师,为这家大公司服务。小说中,我们第一次遇见他,是在这家公司董事长公馆举办的午餐席上。哲拉尔德·艾宛斯正在追求这位工业巨头的女儿,但是,能否赢得意中人的芳心还在两可之间,有待艾宛斯自己的努力。因为成长环境的原因,艾宛斯自小就是一个缺少自信、处事优柔寡断的人。而公司董事长的女儿露茜·雷特,却是一个沉着高傲的女孩,一个典型的富家出身的美国小姐——眼光很高,礼貌娴熟,对事对物的评判标准很严苛。她知道自己要什么,也知道怎样才能实现自己的目标。面对这位青年工程师递来的爱情橄榄枝,她知道自己有充分的选择权,可以很冷静地考虑他是否适宜做自己的丈夫。于是,她设法使她的父亲注意艾宛斯，自己则饶有兴味地从旁观察他们的互动。父亲和女儿彼此也很明了，知道他们共同的利益在哪儿。

雷特先生——一个很开朗、有气魄的美国企业家。他看人很准确，极为重视公司利益。

午餐席上，雷特先生着意提起一个约会：明天有个苏联政府的商务代表要来见他。时值一九二四年，雷特先生，这位联合电气公司的董事长，对于布尔雷维克①的认知，大多来源于刊登在美国报纸和杂志上的"恐怖"消息，堪称孤陋寡闻。他同时知道，在苏联广袤的土地上，不久前曾有过极大的社会变动，现在所形成的一切完全是新的，在人类历史上从未出现过。他对于这个国家有着强烈的好奇心，并急切地想知道那位明天要来见他、代表那个国家的人是什么样子。他说，苏联政府无疑是需要货物的，但他们大概率没有钱，而公司方面不会允许给布尔雷维克赊账。他将如何面对和化解这一矛盾呢？他邀请青年工程师艾宛斯也出席明天的晤谈。

约会时间到了。苏联代表原来是位很有经验的工程师，一个很和蔼的人。他是一个理想主义者，对一切事情，都从社会利益着眼。不过，他也到过价值观相左的其他国家，很懂做生意人的心理。他向雷特和艾宛斯表达了自己的诉求：在他的祖国，河底地层下蕴蓄着丰富的金矿，国家需要这些金矿，但是等不及用简单的手工操作来开采这些金子，他的祖国急需现代化的开矿设备，并愿意拿初得的金子来偿

---

①布尔什维克的旧译。

还设备费。具体计划是：由雷特的联合电气公司给苏联造一艘巨型平底运输船，船上装载所有开采金矿必需的机器设备，并运到海参崴；苏联政府则从海参崴将船开到西伯利亚北部的勒纳河。随船同行的希望有一批熟练的美国工人和工程师，在他们的指导下，将机器安置好，并指导苏联人开采金矿。苏联代表承诺，他们每个人都会得到丰厚的薪水，直至开采到足够偿还设备的金子后，再返回美国，把第一批金子交付给雷特的联合电气公司。

起初，雷特先生觉得苏联代表的诉求有些可笑，然而认真推敲之后，又觉得并非如此。看来，以采掘金子代偿货款是真实可行的，从中，他的公司将获得巨大的利益。况且，苏联人愿意以任何可能的方式，来确保遵守合同中所规定的条件。

结果皆大欢喜：双方牵手，签署合同。雷特先生请哲拉尔德·艾宛斯主持这项工作。艾宛斯很高兴地同意了。很快，在艾宛斯和他的助手们的监督下，采金所需的机器设备都准备妥当了。小说应当给读者这样一种印象：艾宛斯是一个很精明并且善良的青年，生性幽默，但是有一点固执己见，并不了解美苏之间各自的优长和短缺，也不擅长借鉴对方的经验。可是艾宛斯很同情和他接近的俄国人，他们也很爱他，因为他诚实并且尽责。

全部机器装载完竣，万里迢迢地运到了海参崴。从日本干涉军退出西伯利亚到这个时候，已经一年多过去了，铁路交通还没有完全恢复，生活也在调整中。艾宛斯一半靠译员，一半凭自己学来的俄文，尽力给一群没有经验的工人解释，怎样搬运和安装这些笨重的设备，才不至于损坏机器。他和他的美国同伴们对眼前的一切，甚至怀有一丝轻蔑。布尔雷维克们的思想是简单的、幼稚的，必须由美国人来告诉他们应当怎样工作。苏联政府必须请有经验的美国人来帮助他们建设稳固的基础设施。

远征队初到勒纳河时，什么都还没有准备。需要给工人建筑房屋，预备好他们的粮食，还有一大堆别的问题急待解决。而他们手下，只有一群没有经验的、从邻近金矿招募来的工人。周围充斥着怠工、欺骗和所有在刚开始建立新秩序时屡见不鲜的困难现象。

就在这时，一位少女——布尔雷维克中的一员，出现在了这片蛮荒的产金之地。她是一名教师，来这里的目的是组建学校，以满足当地儿童的教育需求。她不会英文，但很乐于向美国人求教，美国人也愿意向她学习俄文。她的名字叫婉妮亚，是一位医生的女儿，极热心于工人阶级的事业。年轻的她显然缺少经验，但是生性果断，勇于担当。面对漫无秩序的周边环境，她不是等待和抱怨，而是积极尝试，开始做做这个，弄弄那个，事必躬亲。这样，渐渐地从学校教师变成了事务管理。在勒纳河畔这片地球上最寒冷的地方，每逢夏天，总会有一些植物顽强地萌芽生长。婉妮亚就如同这种植物，顽强扎根，奋力生长，辛勤耕耘，播种百谷。她时时安慰那些不满意的人，尽自己所能为他们解决问题。渐渐地，她成了美国人最主要的依靠。他们甚至把婉妮亚视为莫斯科的化身，无论什么事情，都找婉妮亚同志。

婉妮亚在哲拉尔德·艾宛斯的眼里是一个典型的另类女人，和他所熟悉的美国女性完全不同。他被她努力探求不可能事物的巨大热情强烈吸引，虽然他坚信她所谓的集体主义毫无价值。因为他深信，他所经营的事业，是必须建立在个人利益的基础上的。可是艾宛斯仍然喜欢这位少女。西伯利亚天气很冷，环境远远称不上安适，但是他们政治意见上的争执丝毫不能阻止彼此间的吸引，他们的爱情像夏日的野花一般疯长。婉妮亚觉得，艾宛斯既是一个傲慢无知的、简直让人难以忍受的自大狂；可是另一方面，他又很和善，是一个幽默可爱的人。他们两人都有自己的执念，却可以不带一点恶意地彼此讥笑甚而爆发激烈的争吵，最终相安无事。对艾宛斯的爱，让婉妮亚觉得自己背弃了共产主义信仰，是对资产阶级虚无世界的屈服。艾宛斯则一面想着那位远在美国的富家女郎，一面深切地自责不应当爱上这个笃信主义的女布尔雷维克，她一定会使他不幸！但是这些内心深处的矛盾纠结，反而促使他们一步步更深入地走向彼此，如胶似漆。

经过长时间的努力和奋斗，全部采金设备终于安装完成，并顺利开机运作，采掘所得的金子比预期的还要多。直到这个时候，莫斯科才仿佛刚刚"想起了"这座金矿。渐渐地，一向遭人冷落的勒纳河终于热闹起来了，有了日常必需的货物，整顿铁路交通的工作也快速开展……与此同时，婉妮亚同志创建的集体农场，取得了可喜的收获。她办学校也很有成绩，除了她以外，还新增了两三位教师。面对眼前日新月异的环境，她不停地念叨着自己的设想，这里还需要白煤、过滤器、耕耘机，还需要一个有留声机和电影院的俱乐部……

艾宛斯不知不觉也关心起她所关心和感觉兴趣的事情来。他现在已经学会了俄文，有的时候，他们在讨论生产问题的会议上，会用俄语商谈到天亮。他参加婉妮亚所领导的工作，他认可了一些新的政治理论，被这些理论吸引了进去。尽管如此，他仍然相信，只有在美国才能更好地工作。

婉妮亚怀孕了。她热切地等待着孩子降生。艾宛斯觉得婉妮亚对这件事情的看法很新鲜，也很奇怪。她不逼迫他和她结婚，也并不觉得是羞耻。她觉得是件正大光明的事。他，是一个自由的人。她这样说，并且支持他继续为自己的祖国工作。对于艾宛斯，早在相识之初，她就知道他在美国有一个恋人，他向她说明过，所以并没有什么欺骗可言。她觉得他应当回美国，然后在那里做出取舍，决定两个女人到底谁在他生命中更为重要。婉妮亚在西伯利亚需要做的事情很多，她不会把时间荒废在无益的惋惜上。

金子被分批运往美国，每次都由美国人伴送回去。俄国人已经学会使用采金机器，所以在那里的美国人越来越少。

当最后一批金子准备启运美国的时候，第二架采金机已运抵勒纳河畔。由于合同得到了完美的履行，雷特先生的联合电气公司对后续的合作态度积极，决定延长艾宛斯在苏联的工作时间，继续管理新设施，但被艾宛斯的美国女友露茜·雷特否定，认为过于长久。虽然艾宛斯在给露茜的信中，从未提到过他在俄国的恋情，但敏感的露茜似乎猜到了，要他立即返回美国接受质询。

艾宛斯回来了。他先把大量的金子运到西雅图熔解，以后到他的主人那里报到——先向雷特先生，然后向雷特小姐。他把一切真情都告诉了露茜。露茜并不生气，也不埋怨，她像平常一样沉着和高傲。她只想知道一件事——艾宛斯是否真的爱着这个异国的女布尔雷维克。她想知道，到底发生了什么事情，使艾宛斯出现了一百八十度的大转变。艾宛斯试着对她解释，但是这些解释反而使她觉得他更像布尔雷维克了。仿佛时光倒转，在苏期间艾宛斯和婉妮亚之间曾经发生的争执，现在却发生在了身处美国的艾宛斯和露茜之间。对于露茜这位"百分之百"的美国人来说，艾宛斯觉得自己的言行简直是谬论。

艾宛斯很高兴回到幸福快乐的美国文明世界，可是同时又觉得好像缺少了一点什么。他的西伯利亚的伙伴们，是充满活力的，他们的工作总是很紧张，但饱含着对希望的激情。美国人的工作也很多，也对生活怀有希望，但是这种希望过于实际，就是赚钱。但是钱到手后，在现在的艾宛斯看来，就是毫无意义的浪费。艾宛斯有时候也去那些可以纵酒言欢、放浪形骸的夜总会。他看到现在的年轻人都在按同一种"模型"生活，没有人再顾忌所谓礼节礼仪，男女之间关系紊乱，人们热衷于谈论自己和别人的隐私……因为艾宛斯的执拗和古板，他不久就得了一个"布尔雷维克"的绰号。

联合电气公司现在制造大批苏联政府订购的机器，并且毫不踌躇地接受代偿机器货款的"红金"。艾宛斯又有机会再去苏联，管理新机器。但是婉妮亚写信通知他，说将随苏联民众教育调查团来美国，她是调查委员之一。他决定等候她。他已决意选择这位俄国少女，但是他不愿意离开美国文化。婉妮亚来访期间，他要求婉妮亚和他结婚，留在美国。然而，婉妮亚对于美国的诉求只有一个，就是学习美国的优点，再回自己的祖国应用，而非定居。她请艾宛斯随她一同重返苏联，去看看他们的孩子。

婉妮亚结束访问回苏联了，艾宛斯却犹豫不决地留在了美国。之后，美国发生经济危机，联合电气公司的经营日见萧条，不得不大量裁员，艾宛斯也成为工程师失业群中的一个。好在不久他就在政府机关找到了新的职位，就是到肯脱基州（肯塔基州）诺克斯堡参加建造一个大藏金库的项目。这座藏金库将是世界上最坚固的一个，应当建造在敌人无法抵达的地方，"严控密锁，无隙可入"，用以保存美国政府所拥有的无处可存的无数金银。

随着新建设项目的展开，艾宛斯常常情不自禁地陷入胡思乱想：这些金子的采集过程，是多么奇异而不合理啊！它们从遥远的西伯利亚的河底挖掘出来，被运到西雅图熔解提炼，再转入银行；由银行送到国库，现在重新再埋在肯脱基的地底下。费了这样多的精力，到底是为了什么？把"红金"仍旧留在西伯利亚的河底，比采掘出来埋在地球上另一个国家的地底下，不是更简单吗？经历这样繁琐的折腾，究竟有什么意义？

给苏联的作家们

《抗战文艺》

给苏联的作家们

　　艾宛斯从自己身边的两个女人身上，仿佛看到了东西方两种不同的文化，以及由各自文化所衍生的认知和行为的不同。它所带来的直接现实是：美国得到了金子，苏联得到了机器，各取所需，相得益彰。相比之下，他认为还是苏联占的便宜更多。苏联不但得了淘金机器和金子，同时得到了许多生产设备，可以生产更多的生活设施，发掘更多的金矿。如果说美国人得到的是一箱鱼，苏联人得到的则是可以捕捞十箱百箱鱼的网。即便这样，那又如何？假如新的战争爆发，世界上所有的金子除了充当军费，还有其他什么实用价值？或许有一天，科学家能够发明一种新的方法，使金子变成水银或者别的更有用的物质……

　　这就是我所要写的小说的内容。我建议：在苏联发生的那一部分故事，由苏联作家来写，而我写关于美国的部分。

　　我明白这个建议是很新奇的。这种工作，在你们的国家里和在我这里，会引起同样浓厚的兴趣。这本书会达到崇高的目的——帮助两国人民互相认识两种根本不同的文明。我将愉快地接受对于这个故事内容的任何批评和实现这个计划的建议。

　　谨祝兄弟们安好！

译自苏联《文艺报》
原载于1939年第3卷第12期《抗战文艺》

陇海线上
——前线杂忆之一

张郁廉 作

【编者按】1939年6月，张郁廉与苏联著名摄影记者卡尔曼刚刚结束对延安的采访回到西安，随即准备乘火车沿陇海铁路经河南陕县（今三门峡市陕州区）北渡黄河，再经山西垣曲进入中条山。然而，除了沿途可能遭遇日机空袭，由于当时日军已经占领山西永济、芮城等黄河北岸沿线，陇海铁路东出潼关后的一段也已在日军炮火严密封锁之下，故此行危险性极大。为了向全世界宣传中国人民抗击日本军国主义的英勇行为，6月20日（周二）夜间，张郁廉与卡尔曼乘上了东去的火车，义无反顾地奔赴前线。本文及下文《渡河》均是此次采访途中的见闻片段。

每个星期的一、三、五,都有"蓝钢皮"火车在夜间从西安向东开。车站上很冷落,雨天更没有多少乘客。好久不坐火车了,心里有点悸动。伴友说:"我在中国第一次乘火车,车站上的秩序、准确的行车时间、车厢中的清洁舒适,很难相信是在战时!"

醒来,快到华阴了。从黎明的薄光中,可以望到华山的丽姿。华阴以东到灵宝的火车暂时停开,那是因为前些日子平陆、茅津一带大战时,文底镇和灵宝附近的铁路桥被击伤了一些。从华阴到灵宝二百余里,有汽车路,可以用汽车或马、驴、牛车代步。在华阴,有机会认识陇海铁路第×段段长和站长。他们在陇海路上已服务十几年了,爱护这一条铁路像爱护自己的子女一样。他们熟习铁路上的每一段路轨。抗战以来,陇海路上的员工殉国的人数比别的铁路少,到现在不到×十人。陇海铁路除了不断遭受敌机的轰炸以外,还遭受敌人的炮击。"今年三月,我们那时正在潼关,有一天,敌人忽然从风陵渡开始炮击。炮弹就从头上飞,在车站周围爆炸。我们当时不明敌人的企图,又怕敌人偷渡过来,但是我们几十个员工坐在车站的地洞里,发誓与铁路共存亡。傍晚,敌炮停了。我们跑出地洞,赶修被炮击毁的路轨,因为夜里还有一趟车要经过这里呢。"站长这样向我们诉说着。

抗战以来,英勇的铁路员工,尽着每一个人最大的努力保卫我们的铁路。铁路成了前线,铁路员工是我们的战士!

"潼关遭受过敌机一百零二次的轰炸了;隔河的敌人,已炮击三万余发。现在河面仅宽四百来米,敌人针对河对岸的行动,我们这边看得很清楚。从前,敌人一见我们这边有活动就发炮轰,以后看到我们的老百姓一点不怕，每次炮弹炸开以后，就有许多人拾弹片，送给公家。公家拿这些废钢铁重新制造枪炮弹打敌人。敌人见到他们每次发炮都是得不偿失，现在轻易不发炮了。"

从华阴乘汽车五个钟头可以到灵宝。午后动身，过了华山余脉，再翻过四个土山到文底镇。这里有一段铁桥被敌击毁，许多人正在修便道。从此处沿黄河边行，时而可以看见黄河和河的对岸。两个星期以前，汽车白天不敢在这里行动，因为对岸敌人随时发炮。以后敌人的炮移到平陆一带，所以现在路上来来往往的人马很多，老百姓很安静地种着他们的田。车在平坦的石子路上奔驰着，是近黄昏的时候了。夕阳的余晖落到黄河里，对面的一片黑山，狰狞可怕，一群吃人肉吸人血的野兽躲藏在那里！

到灵宝，十二孔的灵宝大铁桥，一个月以前，被敌炮击伤了一点。老百姓们把这一件事传为笑谈："活的打死的——活的是指大炮，可以移动，射程可以改变；死的指铁桥——却费了这么多气力。鬼子就从对岸那个有小路的山上打这座铁桥，整整不断地发了两天炮，放了两千多发炮弹，才击伤了一点……"人们在黑暗的灵宝站台上续动着，火车没开灯也没鸣笛就开动了。陇海线路上实行"随机应变，适应环境"的机动战术。夜里，我们不点灯，不鸣笛，对岸的敌人没有办法炮击我们的车。铁桥击伤了，我们就绕着修便道；路轨炸坏了，我们英勇的铁路员工随时修好。敌人不能停止我们的交通！相反地，陇海铁路在炮火中长大了——从宝鸡延长到了天水。

原载于1940年1月10日《时事新报》

渡河
——前线杂忆之二

张郁廉 作

【编者按】 本文系《陇海线上——前线杂忆之一》的姊妹篇。

停泊在黄河上的船只，在防空的时间都疏散开了。一到下午，又都扯满了风帆迅速地聚拢起来。

落日的余晖，射在波动的河面上，像千万条金蛇跳跃着。这时，两岸聚集着等待渡河的人，却没有一个不严守秩序。负责人仔细地查过渡河证以后，总是先让老弱者上船，然后才挨到壮年汉子。

船夫们愉快地唱着歌，那嘹亮的歌声，响彻了原野；橹桨有节奏地响着，与歌声形成了一支雄壮的交响曲。浊黄的河水，冲刷着古老的河床，像是低诉它的悠久的历史。

船夫们不断地摇摆着铁的肩膀，他们是些年青的小伙子。只有那个掌舵的老船手，已经须发斑白了。他们一代传一代地在河上撑船，那儿的一石一木都是他们所熟悉的，甚至哪里有险滩，哪里有激流，他们也清清楚楚地晓得。

在抗战的烽火里，他们很有组织地连人带船一齐献给了国家，因为，黄河是孕育他们的保姆，他们发誓不让敌人侵凌到这里。两年来，已有许多船夫壮烈地为国牺牲了。

渡河

黄河待渡

当垣曲①第四次失陷的前一天，就在我们渡河的这个渡口，就有几条船被鬼子飞机炸毁了。

下船，已是山西的境地了。在暮色苍茫中，只好宿在离垣曲城四五里远的一个小村庄里。据乡人说，三天以前，我们睡的那个土炕上，就睡过杀人放火的刽子手——万恶的日本强盗。

原载于1940年1月21日《时事新报》

①山西垣曲古城，临近黄河北岸，距离黄河渡口仅三五里之遥。1959年，因拟建黄河小浪底水库，其县治搬迁至西北30公里外的垣曲新城（刘张）。

世界第一个铁路女站长

张郁廉 译

每一天都有大量的货物经过莫斯科铁路交叉点。从北方运到南方去的木材，从南方运到北方去的煤和机器，都要经过莫斯科。除此以外，日夜不断地有货物运到莫斯科，供给首都的需要。莫斯科环城铁路的站长室里的生活在沸腾。从这里，像从船长台上一样，坚决和准确地把命令发到各干线。这些命令发自一位窈窕的廿五岁的女人，她有着和气的、率真的面孔和快乐的眼睛。这是莫斯科环城铁路站长——靳伊达·托伊次克亚。

十多年以前，那时候，靳伊达·托伊次克亚还是一个小学生。她对她自己的同伴说："真奇怪！我读过这么许多书，但没有一本书里有女船长，就是朱利斯·福雷恩也不写一个女子做船长，所以我一定要做第一个女船长。你们会看见的！"

这个女孩是错了，她没有做船长，因为选择了另外一种职业。她生长在一个铁路员工家庭里，她对机器发生了兴趣，在工厂学徒学校毕业以后，她到火车头场里做铁工，以后到助理司机学校学习，成绩优越地毕业了。

世界第一个铁路女站长

《妇女生活》(1940年第8卷第8期)

最初，大家对于一个新来的平常的司机助理很冷淡，年老的司机不愿意让她到他的机车上工作，但是经过努力的学习，她模范的工作获得了周围人们的尊敬。一九三六年，她被称为苏联技术优越的火车司机中的一个。政府因为她驾驶强大的机车，有着斯泰哈诺夫的工作精神，赏给她一个列宁奖章。不久以后，她的能力和经验使她升到负责指挥的地位上了。

一九三八年十月，一列客车在女司机靳伊达·托伊次克亚、安娜·柯什金娜和玛丽·费多索瓦驾驶之下，从莫斯科到了塔什干。火车上的车长、修理员、查票员和侍者完全由女人担任。这一次的驾驶很成功地完成了。

妇女驾驶火车技术运动，在交通人民委员会卡加诺维赤委员长倡导下，在苏联开始了。现在苏联有十七位女司机、三百位女司机助理，有五千二百个妇女在司机和司机助理学校学习。

靳伊达·托伊次克亚——苏联第一个女司机，现在是世界第一个铁路女站长！

译自苏联塔斯社
原载于1940年第8卷第8期《妇女生活》

她们——全世界妇女开路的先锋

张郁廉 作

【编者按】1940年3月,中苏文化协会机关刊物《中苏文化》推出纪念三八国际劳动妇女节特刊,发表了有关"苏联社会主义妇女与儿童"的一组文章,其中便包括了张郁廉的这篇长文《她们——全世界妇女开路的先锋》。文章萃取活跃在当时苏联社会主义建设中各界妇女英雄的业绩,以极其概要的语言,向浴血奋战在抗日战场上的中国读者描绘了一幅幅荡气回肠的人物画卷,以提振士气,激励民心,为追求独立自由的民族未来而不懈努力。

简单地、个别地，介绍几位苏联妇女。她们固然不足以代表全体参加社会主义建设的苏联妇女，但是，她们的成就已经可以让我们明了今日苏联妇女在社会上的地位和她们光明远大的前途。

勇敢的飞行家——荣膺"苏联英雄"头衔的瓦莲基娜·格雷札杜伯娃

瓦莲基娜·格雷札杜伯娃在苏联飞行家们之中，可以算作飞行资格很老的一个人了。远在一九一三年，那时的瓦莲基娜只有两岁，就乘坐她父亲——老格雷札杜伯夫自造的飞机飞行过。老格雷札杜伯夫是一个机械师。有一次，他在电影里看见一架飞机，就想尽办法把那有飞机的一段影片要来了，照着底片开始造飞机。他绞尽了心血，用完了他所有的积蓄，花费了三年工夫，才造成了一架能飞起来的"飞机"。

一九二九年，那时候的瓦莲基娜只有十八岁，就成了一名飞行员。这以后，她除了自己飞行，还在一所飞行学校做指导员。经过她教出来的学生已经有一百多人，其中有许多在工农空军中成为了指挥官。一九三四年的五月，十九架飞机、十九位马克沁姆·高尔基大队的航空宣传员开始了沿莫斯科省区的宣传飞行。十九架飞机中的一架，是由全队唯一的女飞行家——瓦莲基娜·格雷札杜伯娃驾驶。她降落在从来没有飞机降落过的可洛莫那区。一会儿的工夫，飞机周围挤满了那里的居民和可洛莫那工厂的工人。年轻的女飞行家开始了她的宣传节目。她亲切地述说着飞行概况，鼓励青年男女学习飞行。经过瓦莲基娜的宣传以后，这里的居民和工人纷纷要求加入航空俱乐部，学习飞行和跳伞。

为了表彰她对工作的热心、积极和努力，苏联政府授予瓦莲基娜劳动红旗勋章。

一九三七年的秋天，马克沁姆·高尔基航空宣传大队的飞行家瓦莲基娜·格雷札杜伯娃打破了国际妇女飞行速度的记录。国际妇女飞行速度的最高记录是由美国女飞行家摩莱创造的。她驾驶类似"YT11"的双座机，平均时速为二百公里。瓦莲基娜的记录比她原来的时速超出了七十公里。至于类似"YT12"的单座飞机的最高记录，平均每小时一百零七公里，是一九三六年由美国女飞行家玛格丽特·戴纳创造的。瓦莲基娜的飞行时速超出其两倍。几天以后，她又打破了世界妇女的飞行高度记录，创造出三千三百米的记录（美Marley是一千八百五十米）。不久以后，瓦莲基娜和苏联另一名女飞行家拉斯格娃又创立了一项妇女飞行世界新记录，她们驾驶的双座飞机完成了连续飞行一四四四点七二二公里（从莫斯科到阿克文宝斯克）的不着陆飞行。

瓦莲基娜到过许多遥远的地方，如吉尔吉斯和中亚细亚，百姓称她为"女飞鹰"。她说那是她最幸福的一天。当她接到吉尔吉斯苏维埃社会主义共和国的人民选她为民族院代表的电报时，她高兴得流下了眼泪。她感激他们对她的信任和器重，她发誓把自己的生命献给祖国和她亲爱的同胞。一九三七年十二月十二日，瓦莲基娜被选为苏联最高苏维埃的代表。同月十九日，苏联中央执行委员会因瓦莲基娜的航空技术优越，授予其红星勋章。

她们——全世界妇女开路的先锋

一九三八年九月二十四日,三位英勇的女飞行家驾驶着"祖国"号从莫斯科起飞了。她们飞过无数新的村庄和工厂,无边的农场、原野、森林和贝加尔湖。她们的路线是从莫斯科到远东,去追逐新的、光明的胜利。第二天(二十五日)上午十时四十一分,飞机在远东原始森林里安全降落。此次飞行,在空中共飞了二十六小时二十九分钟,飞行距离达六千四百五十公里,直线距离为五千九百四十七公里,创造了世界妇女飞行的新记录。在原始的森林里,三位女飞行家接到了斯大林和莫洛托夫打来的贺电:

热烈地庆祝你们成功和光荣地完成了从莫斯科到远东的不着陆飞行。你们英勇的飞行创立了全世界妇女飞行的新记录,你们的勇敢、镇静和优越的飞行技术,以及你们克服飞行和降落困难的精神,使全苏联的人民为之赞美。你们是我们的骄傲,紧紧地握着你们的手!

许多亲友和千万民众,在莫斯科等待着瓦莲基娜和她英勇的同伴们——苏联的女儿们的回程飞行。人群中有"亲爱的小鹰"——瓦莲基娜的儿子、她的丈夫和老格雷札杜伯夫(一位老飞行员)。"二十四年前,我能让瓦莲基娜坐着飞机,那么我的小外孙儿一定也得会飞……"老飞行家一边指着在万众欢呼中降落的飞机,一边告诉他两岁的"小鹰"。

瓦莲基娜、拉斯格娃和欧西别恩克三位都是荣膺"苏维埃英雄"头衔的勇敢飞行家。

国防化学工程师——玛尔格丽达·列新斯可亚

玛尔格丽达是在她外祖父家里长大的。其外祖父是一位老纺织工人,外婆、父亲、叔叔、嫂嫂和姑姑们也都在纺织工厂里做工。一间狭小而黑暗的屋子里,一大家子几十年都挤住在一起。玛尔格丽达就是在这种环境里成长的。一直到十月革命以后,玛尔格丽达才随着参加革命的父亲和母亲到维耶特鲁格,并在那里开始上小学。不幸的是,就在她十三岁的时候,她的父亲去世了,母亲不得已,又回到了故乡。玛尔格丽达十四岁就加入了工场附设的训练班。暑假的时候,她到城里洗染店洗衣服赚钱养家。就在这时候,她瞒着母亲加入了共产主义青年团。十七岁开始在劳动大学预科读书。读了三年后,她和一位同学结了婚。两人一起读完了劳动大学预科,一起到莫斯科考入高等化学技术学校,以后又一起进入陆军大学专攻国防化学,成绩优越,得到国防化学工程师的学位,后被一起派到一个军事学校教书,其教授的科目是军用化学。

从此,玛尔格丽达一边教书,一边组织和培训军官们的妻子。在很短的时间里,她组织了驾驶汽车训练班、射击训练班、文艺组、体育组、戏剧团和歌咏队等。因为她工作努力,故被推选出席克列姆宫[①]全苏联军官眷属的会议。"这是我一生中最快乐的一天,我永远忘不了我见到民众的领袖——最亲爱的斯大林同志的那一刻。"

[①] 克列姆宫,克里姆林官的旧译。

同志们！我要使每一个人知道，每一个人听到，苏联的妇女是世界上最幸福的妇女。在你们面前站着的是千百万幸福的苏联妇女中的一员！我不但是一名苏联军官的妻子，也是名军官，并且是一个军事工程师。同时，我还参加社会工作组织妇女，教养我们的孩子。难道我的生活可以说不是最幸福的吗？资本主义国家的妇女能够梦想到这种幸福的生活吗？同志们，我受到的荣誉太多了，好像我这一生也报答不了国家和人民给我的恩惠！

玛尔格丽达·列新斯可亚也像别的努力工作并有优越成绩的人一样，得到苏维埃政府的劳动红旗勋章。同时，国防人民委员会委员长委任她为红军国防化学学院的助教。

现在，苏联全国正在热烈地响应着玛尔格丽达·列新斯可亚所提出的"职余读书运动"。她主张青年应不离开自己的职业岗位，一面工作，一面努力读书，即一面参加生产，一面考获学位。

世界第一个女船长——安娜·舍吉宁娜

"我将来一定要做世界上第一个女船长！"从小在太平洋岸边长大起来的安娜坚决地这样说，"我要证明，世界上享受最平等权利的苏联妇女，能够担当起苏维埃政权和伟大的列宁、斯大林所赋予的使命。"

十七岁的安娜·舍吉宁娜，在一九二五年读完了国民基础教育以后，决定要到航海技术学校学习。航海技术学校的老校长沙曼那叶夫，见到这样坚决要求入校的第一位女孩子的时候,有点着慌了。老航海家和蔼地,像劝告他自己女儿一样告诉安娜,航海事业是一件很艰苦的工作,历史上还没有一个女船长呢。但是,安娜毕竟达到了她的目的,开始在海参崴航海技术学校读书了,并且成绩优良,同学和老师们对她都很好。

不久,航海实习的时候到了,安娜又遭遇到新困难,一些固执的老水手们不肯让一个女孩子到他们的船上实习。"咱们船上的事情就够多,哪有工夫哄女孩子玩!"但是,"新飞力波"号船的船长杜伯利茨基欢迎安娜到他的船上来实习。

经过在"新飞力波"号船上的锻炼,以及多年努力的学习,安娜航海的技术和经验熟练且丰富起来了。毕业时,她的成绩最优,名列第一。从此以后,她开始了海上服务的生活。

她当过领航员,做过船长的第三助手(三副)、第二助手(二副)和第一助手(大副)。六年之中,她曾到过两次意大利和德国。

一九三五年,在根布尔格斯的商埠停泊着许多船,其中有一艘大货船,船名叫"察伟查"号(与产于远东海中的一种鱼同名),正在办理交接手续。船是苏联政府在德国造船厂订购的。当德国船长听说安娜·舍吉宁娜将就任此船的船长,不久就要来接受这艘"察伟查"号的时候,惊讶地叫了起来。他暗自寻思,苏联政府一定是为了宣传需要才派她来的,这样也好,他可以少费些麻烦了,把船就交给她吧!唉!一个女人能知道什么呢?

安娜到了船上后，立刻就很细心地办理了交接手续。其严谨熟练的程度，让所有德国海员和那一位德国船长，也不得不佩服安娜丰富的航海知识。

现在的安娜已经是船长了，负责把"察伟查"号从德国驶到勘察加。她不但圆满地完成了政府给她的任务，并且比预期提前了六天到达目的地。

有一次，"察伟查"号在海上遇到暴风雨，船像一个空罐头盒似的被巨浪卷荡着，眼看就要撞到礁石上了。安娜站在指挥台上镇静如常，细心地利用风向稍微的转变，把船从危险中救出。这次遇险事件之后，苏联政府奖给她劳动红旗奖章。

安娜·舍吉宁娜是一个意志坚强、有毅力、不达目的不肯罢休的人。她为人特别谦逊，有人夸奖她的时候，她总是这样回答："这没有什么，每一个航海员处在我的地位上，都会那样做的。"

白俄罗斯苏维埃社会主义共和国最高苏维埃主席——纳杰志德·格列克瓦

十月革命以前，白俄罗斯是一处很封建、很落后的地方，全部可耕种的田地差不多都操纵在几个王公富绅和地主的手里，其文化水准很低，社会上充满了黑暗、愚昧和不人道。妇女们的命运在封建铁蹄的蹂躏之下，尤其可怜。

就在那个时候，在明斯科②的一位老铁路工人家里，除了妻子之外，还有六个孩子。父亲从早到晚辛苦工作赚的钱，也仅仅够养活这七口人，自然

---

② 明斯科，白俄罗斯首都明斯克的旧译。

是没有教养孩子们的费用了。一家老小很艰苦地在穷困中挣扎着。

纳杰志德是这家六个孩子中的大女儿。十岁的时候,父亲把她送到一家富农家里放猪,每年所能获得的报酬是两个普特[③]面粉和一点马铃薯。

有一天,这可怜的孩子——纳杰志德忽然丢失了一头猪。事情被主人知道以后,她被毒打了一顿,父亲又把她领回家里。

当苏联革命战事爆发以后,红军把入侵白俄罗斯的德国人和波兰人打退,收复了沦陷国土的时候,纳杰志德便加入了缝纫职业学校。从此,她走上了光明的人生道路。

一九二七年,纳杰志德在明斯科制衣工厂工作。也就在这一年,她开始了社会活动。她的一生将以这一年作为一个分界线,从此,她逐渐地开拓她的事业,终于成为白俄罗斯共和国里政治和党务的领导人物之一,成为全苏联千万人敬仰的一位女英雄。

在工厂里开始工作的时候,她加入了共产主义青年团。她工作与学习都非常刻苦努力,不久便在工人中间、在党里取得了很好的声誉。

过了些时候,纳杰志德被选为缝纫业工会的委员和常务委员。

一九三一年,她加入十月工厂做工。这时候,她的学识修养和经验都已经相当丰富了。

一九三三——一九三七年间,纳杰志德任缝纫工会的副主席、中央缝纫业工会管理部主席和民族院代表筹选委员会主席。

她的政治地位一天天提高,党对于她的信任和民众对她的爱戴也一天

[③] 普特,沙皇时期俄国的主要计量单位之一。1普特≈16.38千克。

比一天增深。一九三八年六月二十五—二十七日，是第一届白俄罗斯最高苏维埃大会开会的日期，这位铁路工人的女儿、女工人——纳杰志德当选为大会的主席。

此外，在她所有的兼职中，比较重要的是：白俄罗斯共产党中央执行委员会第三书记长。

她很富有研究学问的兴趣，对于工业和农业各方面都有相当的造诣。她常说：

> 我永远忘不了伟大斯大林的教诲！
>
> 人民的代表，就是人民的公仆！
>
> 我誓愿以毕生的精力，为苏维埃服务……

今天的白俄罗斯和二十年前的情形大不相同了。据一八九七年的统计，明斯科一带百分之九十七的妇女是文盲；现在全部白俄罗斯十二万五千名的知识分子之中，妇女已经占了一半，在她们之中有许多医生、教育家、艺术家、飞行家……此外，在白俄罗斯最高苏维埃的代表中，女代表就占有六十七席，而纳杰志德·格列克瓦则是她们的领导者。

动员妇女到苏联远东边区工作运动的发起人——瓦莲基娜·谢塔姑洛娃

瓦莲基娜·谢塔姑洛娃今年只有二十六岁，但是在苏联没有人不知道她。她现在是苏联最高苏维埃代表，代表康姆沙穆尔斯基地方（远东阿穆尔省）的人民。一九三七年二月，谢塔姑洛娃在《少共真理报》上发表了一封信——《到我们这里来——到远东来》。信是这样开始的：

> 姊妹们！少共姊妹们！我代表苏联远东的姊妹们来号召你们。在遥远的东方，在沿海和有着原始森林的阿穆尔地方，我们和我们的丈夫们，以及兄弟们，正在建设新的城市和太平洋上坚固的国防据点。那一块地方，是日本军国主义者早就垂涎的。就在那里，我们建立着社会主义的新生活，那里有百万人民，正在和原始的森林作斗争。他们的威力征服了山、河和森林，但是那里需要更多的技术人员去征服自然、开发资源……所以，我们来号召你们，号召勇敢的、有坚强意志的、不怕困难的姊妹们到远东来！
>
> …………

这封信发表以后，有许多苏联妇女要求到远东工作，仅伯力一个地方就接到七万封信。谢塔姑洛娃负责这件组织工作。她每天差不多要接到二百到三百封信，每封信她都亲自回复。等志愿者们到了远东，谢塔姑洛娃亲自为她们布置住处、分配工作。一批又一批身体健康、毅力坚强的少女们来到远东。随着她们的到来，又有千千万万有着专门技术的青年要求献身于开发远东的事业。"谢塔姑洛娃运动"，在全苏联青年男女中产生了极大的反响。

八年以前，在一九三二年的时候，十七岁的谢塔姑洛娃读完了中学，自动要求到远东去,唯一的志愿是想参加"巩固远东"的工作。谢塔姑洛娃到远东以后,被派到杰卡斯德里——一处偏僻的地方,做组织民众、发动民众和红军战士共同参加建设的工作。

在那里,我认识了谢塔姑罗夫少校。他那时只有三十岁,但是在红军服务了已经差不多十年了。他小的时候就帮助他的父亲——一位铁路技术工人抵抗白匪。他父亲参加过海参崴一带的游击队。他呢,就给游击队送饭。从那时候起,他对军事发生了特别的兴趣。等把白匪剿尽了,他——谢塔姑罗夫进了军事学校。

我和他结婚之后,就开始在他部队里服务,组织军官和兵士们的家眷。我们是从小的事情开始做起来的。

我们把已经开始建设的兵营修成了。随后,我就开始规划整理这些营房,尽我们所有的力量,把兵营布置得卫生、清洁、舒服。不久,在我们的领导之下成立了一个红军俱乐部和文化室。我们开始饲养牛、羊、鸡、鸭,种蔬菜、果木,建立公园……偏僻落后的杰卡斯德里渐渐在远东成长为一个健全的都市。这以后,远东各地拿我们作模范,普遍地建设起来了。我们苏联在远东的国防一天一天更加巩固了……

这是谢塔姑洛娃的自述。

瓦莲基娜·谢塔姑洛娃是一位伟大的拓荒者,在苏联远东建设史上,将永远标识着她辉煌的姓名!

农业中"斯泰汉诺夫运动"的先驱者——玛利亚·德姆青科

玛利亚·德姆青科是一个每一公亩出产五百担糖萝卜④的女突击队员。她做了一件极普通的事——实践了她的诺言。

她是基辅地方参加全苏联农庄突击队员第二次代表大会的代表。在克列姆宫开会的时候，她个人的成绩是每一公亩出产四百六十担糖萝卜。她绝对没有想到，她的产量打破了全苏联的记录。

大会上，她见到了斯大林。

"明年你打算出多少糖萝卜？能不能出五百担？"斯大林问她。

玛利亚没有立刻回答。她计算了一会儿，然后坚决地告诉斯大林："我能出五百担！"

她回到基辅以后，开始努力工作。第二年秋季，每公亩收获了五百二十三担以上的糖萝卜，实现了她的诺言。这不是极普通很简单的一件事情？但实际并不是这样简单。我们从她的报告中可以看出，她是克服了多少的困难，用了多大的力量，才达到了如此喜人的收获。

……糖萝卜的出苗很好，绿油油的叶子在五月里的阳光下发着亮，但是天气忽然变了，我的糖萝卜开始上冻了。乌克兰的五月天从来都是温暖的，单单这一天的天气好像在和我开玩笑。我耕种的那一块地，又正好是全农庄最坏的一块地，地势低洼，从来就比别的

---

④糖萝卜，甜菜的一种，根供制糖，叶可做蔬菜或猪饲料。

地方容易上冻。看看周围别人种的糖萝卜都没有上冻,就是我的冻坏的越来越多,你们想想,我能不急吗?我简直要急疯了。我答应了斯大林同志,我若做不到……我怎么能不实现我的诺言呢?最后,我决定无论如何都得想法救我的糖萝卜。我和我的几个同伴开始在我的田地周围日夜不断地烧起干草来。结果,百分之四十的糖萝卜冻坏了。随后,我又设法补种上了。

到了秋收的时候,我差不多有十七个昼夜没有睡觉。我周围挤满了参观的人。他们是从各地方来的,其中有新闻记者,有摄影师,有小说家,有画家。他们用各种方法鼓励我,也替我担心,到底糖萝卜够不够五百担呢?——直到最后的一批糖萝卜送去制糖厂过磅,传来全部产量平均一公亩超过了五百担(消息)的时候,大家才都高兴地手舞足蹈起来。忽然,不知道从哪里运来了一桶又一桶的红葡萄酒,摆起了大长桌子,桌子上满是鸡、鸭、鱼、肉。制糖厂派来了乐队,我们狂饮了一夜。第二天早晨,我乘着飞机,到莫斯科去了……

纺织突击女工——杜霞·维诺格拉多娃

苏联的旧纺织教科书里写着:"一个纺织工人一般能管理十六到二十四架纺织机;就是运用最新的管理法,一个工人最多也不过管理三十二到四十二架纺织机。"

杜霞·维诺格拉多娃实际努力的结果,证明教科书里所定的标准是不对的。

一九三四年，杜霞在莫斯科十月革命纺织工厂里已经管理了五十二架纺织机，以后又增加到七十架。全苏联各纺织工厂得到了这个消息以后，就有许多纺织工人团体、工会代表、工程师、新闻记者，不断到十月革命工厂参观杜霞管理七十架纺织机的情形。

但是，对于这个记录，杜霞还不满足。经过相当一段时间的考虑和研究，杜霞和她同伴玛露霞请工厂替她们在十月一日那天预备下一百架纺织机。"有许多人很奇怪，一个工人怎么能管理过来一百架纺织机？他们问我，是不是我绕着这一百架纺织机跑来跑去，忙个不休？这不对。我和我的同伴玛露霞替换着工作，我们的动作都有预定的计算。一百架纺织机分成四排，我们从前排绕着走到后排（按弓字形走）。工作的时候千万不能慌忙。工作开始以前，要细心地把机器检查一遍，纺织的原料要结实，这样工作中间就不会发生故障了。此外，我和玛露霞互相协助，对于工作能协同合作。"杜霞对访问者这样说。

这时候，其他的纺织工厂也有人管理七十架纺织机了。杜霞并不嫉妒。她很高兴地到各工厂里演讲，把她的工作情形、方法和经验告诉别的工人，把自己织成的布拿给人们作参考。

"维诺格拉多娃运动"沸腾在所有的工厂里了……

当杜霞听到莫斯科纺织工厂里的一位工人开始管理一百四十架纺织机的时候，她和玛露霞决定管理一百四十四架纺织机。

在出席全苏联"斯泰汉诺夫运动"工作者会议上，杜霞说道："我们工厂里的工人同志，现在每人在管理五十二架到一百四十八架纺织机，但这不是最终的记录。我答应斯大林同志从下一个月开始管理一百五十架纺织机。"接着,就是纺织女工欧金娜次托亚演讲,她承诺下月开始管理一百五十六架纺织机。杜霞等欧金娜次托亚讲完了以后,站起来说:"我承诺管理二百零八架!"

苏联政府因为杜霞对于工作异常努力,奖以列宁勋章。不久,杜霞·维诺格拉多娃当选为苏联最高苏维埃代表。

她像其他的"斯泰汉诺夫"工作者一样,被保送到莫斯科莫洛托夫工学院去深造。

一九三八年春天,杜霞又开始回工厂工作,成绩继续进步。现在,她开始管理着二百八十四架纺织机了!

世界第一位铁路女站长——靳伊达·托伊次克亚

距今二十七年前,在帝俄一九一三年份的《交通年报》上,登载了一篇纪念一位在铁路上已经服务五十年的、唯一的女职员的文章。这位女士的父亲是个小站长。她在十八岁的时候,就在她父亲管理的那个车站上做售票员,年薪是三百卢布。就这样一直干了五十年,待她的青春消磨尽了,她的生活始终处在贫困之中……

同年,铁路工人彼德家里生了一个女儿——靳伊达。父亲绝没有想到,也没有希望他的女儿在铁路上做事,但她后来居然成了世界上第一位铁路女站长。

靳伊达十五岁读完了中学,考入一家工厂的训练班学习机械,后来转入机车驾驶学校,从这所学校毕业。那时也只有靳伊达一个女性。

一九三一年,当靳伊达开始做机车驾驶助手的时候,许多轻蔑与讽刺都加在了她的身上,没有人相信女人也能驾驶机车而不至于闹出笑话来。靳伊达志向坚决,富有毅力,终于以实际工作的成绩,纠正了顽固分子的偏见,博取到许多人对她的尊敬和钦佩。

《世界第一位女机车驾驶员》——这是一九三五年苏联报纸介绍靳伊达的标题。从此,注意和景慕她的人愈来愈多了。

一九三五年,苏联政府整顿铁路运输,发动了"斯泰汉诺夫-柯黎瓦诺索夫运动"。这是一项铁路行车部门的工作竞赛。譬如行车速度的记录,原先是每小时平均二十二——二十三公里,柯黎瓦诺索夫率先打破了这项记录,达到每小时平均速度四十八公里。科里斯科机车场随即发起了以柯黎瓦诺索夫命名的每月行车公里数竞赛。每月原以安全行车一万五千公里为平均值,有几位受有勋章的驾驶员,如马尔阔夫和别达格诺夫等都打破了此记录,每月安全行车达到一万八千公里。靳伊达也是破记录驾驶员中间的一员,并不比男司机落后,也创造了几项安全行车技术上的记录,首先晋级为第一级驾驶员,随后又得到了列宁勋章。

一九三七年,靳伊达·托伊次克亚任莫斯科车站货仓副仓长。一年后,升任列宁铁路局车务处处长。

在一九三八年十月二十八日的苏联共产主义青年团二十周年纪念日,一列客车在女司机靳伊达·托伊次克亚、安娜·柯什金娜和玛丽·费多索瓦的驾驶下,从莫斯科成功抵达塔什干。火车上的车长、修理员、查票员和侍者完全由妇女担任。同年十一月,交通人民委员部部长卡加诺维赤委任靳伊达·托伊次克亚为莫斯科环城铁路站长。我们知道,莫斯科是苏联铁路的一个重要枢纽,每天都有大量的货物经过这里,这个车站站长的位子是非常重要的。靳伊达年富力强,对于铁路行政和行车管理都非常娴熟,她颁布的命令准确并坚决,是一位苏联人民敬爱的女英雄。

现在,苏联有五十万妇女在铁路交通部门服务,其中有十七位机车女驾驶员、三百位女驾驶助理,另有五千二百个妇女在机车驾驶学校学习。将来,苏联对外一旦有战事,她们都能够代替男子的岗位在铁路上工作。

苏联人民艺术家——姑亮施·巴谢托瓦

因为她有动听的歌喉,人们称她为"哈萨克斯坦之黄莺"。她的歌声帮助哈萨克斯坦人民更清楚地看清自己,看清自己的新生活和手创的新事业——使春天永远展现在他们的眼前——他们有着伟大的光明的前途。

在帝俄时代,哈萨克斯坦的人民受着土豪劣绅和帝俄官吏的压迫,过着奴隶般的生活。一直到一九一六年,哈萨克斯坦的人民,因为反对沙皇强迫人民作战,发动了大暴动。但民众的反抗运动不久就被镇压了,数万哈萨克斯坦的民众被枪决或上了断头台,三十余万人民逃亡到中国。姑亮施那时候只有四岁,但是对于这次人民大流血的惨剧,记忆得很清楚。一年以后,苏联革命在列宁领导之下爆发了,给苏联各民族带来了自由、平等和幸福。小姑亮施面前升起了太阳。她开始受教育。读完中学以后,她考上了师范大

她们——全世界妇女开路的先锋

《中苏文化》（1940年第5卷第3期）

学。但是，她喜欢音乐，便开始研究音乐，发挥她的音乐天赋。在学校里，她组织歌咏队和音乐研究班，以后就时常在哈萨克斯坦剧院演唱歌曲，逐渐成为一个有名的歌唱家。

现在，哈萨克斯坦的人民中有百分之六十五的人受过教育。十月革命以前，哈萨克斯坦的女人是不允许读书的，但是现在有十五万女性在接受教育。

最近，姑亮施·巴谢托瓦在哈萨克斯坦的大歌剧院里表演。她成为哈萨克斯坦人民的喉舌，她唱出了他们的幸福和快乐！

一个穷皮鞋匠的女儿，曾经在街头卖唱，以乞讨为生，姑亮施现在不但有了苏联人民艺术家的光荣头衔，并且当选为哈萨克苏维埃社会主义共和国最高苏维埃的代表。

原载于1940年第5卷第3期《中苏文化》

苏联作家写作的中国抗战小说

【苏联】哈玛堂 作　　张郁廉 译

【原作者简介】

　　哈玛堂（1908—1943），现译名A. 哈马丹。苏联著名记者。出生于俄罗斯一个贫穷的犹太裔钟表匠家庭。20世纪30年代初，任职于苏联驻哈尔滨领事馆，以后担任《真理报》外报部次长。1935年，《真理报》发表哈玛堂写的文章《中国人民的领袖——毛泽东》。1941年，参加卫国战争，任随军记者。后被德国法西斯杀害。

　　《大愤怒》一书是哈玛堂的小说代表作，是作者在中国期间根据耳闻目睹的抗战故事创作的，也是苏联第一部全景式反映中国抗战的短篇小说集。其俄文原版由苏联列宁共产主义青年团中央委员会主办的儿童文学出版社（旧译名为儿童文艺书籍出版局）于1939年在莫斯科推出。2015年8月，青岛出版社翻译出版了《大愤怒》中文版全书。　——编者

这里所发表的三个小故事,是从哈玛堂(AI.Khamadan)的小说集《大愤怒》中摘译的。关于哈玛堂的生平和著作,我们所知道的并不多,只晓得苏联的儿童文艺书籍出版局去年出版了他的一本小说集《大愤怒》。这本书的初版共两万五千册,内容分为两部分:第一部分包括十个短篇,如《在战壕中》《义勇军》《长征》及《武士道的日记》等;第二部分也包括十个小故事,如《小孩子陈财》《在乡村中》《上海的橘子》《我哭泣……》及《三位少女》等。内容俱以我们的英勇抗战为主题。此外,值得提及的,就是这本书附有盖尔山尼克(R.Gershanik)所作的十几幅精美的插图。

外国人写关于中国人的作品,常有隔靴抓痒之慨,这是在所难免的,但我们从这些文章中,仍然可以看出人家是怎样同情我们抗战的。

——译者

上海的橘子

在热闹的十字路口上,一个女孩子站住了。她深深地松了一口气,把平时农民往城里装水果和蔬菜用的大筐子放在人行道上。筐子很笨大,超过这个脆弱、瘦小的女孩子所能负荷的重量。她还是一个没有成年的女孩子呢,至多也不过十五岁。

吉玲——是这个女孩的名字——向四周望了一望。邻旁的街道上,行人来来往往,从一个路口到另一个路口去。马路上,汽车和公共汽车飞驶着，人力车彼此追逐着。十字街口声音嘈杂，汽车喇叭呜呜地响，警察一边喊着指挥的口令，一边吹着警笛。行人迅速地但是小心翼翼地走着，他们缄默着不出声。不久以前，这个城市还是属于中国人的，现在被日本人盘踞了，到处都可以看到日本的军队、警察和侦探，城市里的政权属于他们。但是城市里还居住着几百万中国人。无论吉玲往哪里看，她所看到的都是日本巡警、戴着绿色呢帽的日本绅士和神色鬼鬼祟祟的侦探。

当吉玲看见一个那种鬼祟模样的人走近她的时候，她的脸吓得通红了。她很快地弯下腰，拉了拉筐子上盖着的布。戴着绿色帽子的人赶上了吉玲，怀疑地对筐子瞥了一眼，从旁边走过去了。

吉玲摊开堆聚在一起的、那些上海产的淡橙色的小橘子，随即又用布盖起来，距离她的目的地——好几层楼房的百货商店"永安公司"——只有几步路了。

吉玲顺利地走进了这家大商店，走到电梯旁边。电梯厢已经升上去了，她只好把筐子放在地上，等候电梯厢再降下来。那女孩好奇地观看着这商店的第一层铺面，几个英国人和美国人无聊地浏览着架子上的货物。这里还有许多日本人，他们很矜持地顺着柜台来回走，轻蔑地以主人的身份呵斥着中国的店员。

电梯厢下来了，门开了。开电梯的少年走出来，他看见吉玲，请她走进电梯厢，并且很伶俐地把筐子也提进去。

梯厢门关上了，正好把一个穿军装的日本人隔在了门外。梯厢缓慢地升上去。

"在楼顶饭厅里有许多日本人。但你不要怕，一直走到石栏杆边儿上，再把它扔下去（那少年向筐子点了一点头），然后赶快到电梯这里来，我等着你。"

"谢谢你，陈！我就这样办。我只怕往栏杆上提的时候，太费劲。"

"你说，让我来做这件事，好不好？"

"不，陈，不要这样。这是我自己情愿做的事，应当做的事，我都会做到的，你还有别的事情呢！"

"随你的意思好了！"陈同情地说道，"现在正是好时候，所有的人都下工了，梯道上的人很多，日本军官们在饭厅里从早晨一直狂饮到现在。"

电梯停住了。吉玲紧紧地握了握陈的手，拿起筐子走进这大商店宽敞的、周围有富丽的白石栏杆的房顶平台，这里开设着永安餐厅和永安影剧院。还在不久以前，每当夜晚，上海的人们就会聚集在这里休息、娱乐，欣赏这里所展现的都市宏壮的全景——远处江色蔚蓝，像一条美丽的带子围绕着的上海。现在这里，在这百货商店的屋顶上，只有日本的文武官员们来来往往了。

吉玲勇敢地向前走去。餐厅里正在演奏音乐，紧凑地交响着"为天皇陛下，我们征服世界……"，一支蛮横的进行曲。喝醉酒的日本军官们随着乐队，扯着嘶哑了的嗓子在喊唱，嚣扰地狂欢着。围绕那些摆满酒瓶子的小桌子，坐着许多许多的日本人。

吉玲经过这些小桌子，一直往前走。筐子很重，勒痛了她的手。吉玲背后，腾起了日本军官们的醉酒的呼喊："喂！中国姑娘，到这边来！"

吉玲头也不回地继续往前走，总算走到了栏杆旁边。她放下筐子，伸直了她那被重筐子累弯了的细腰。她休息了一两分钟，然后，弯下腰，两手把筐子高举到头上，放在栏杆上。远远地从下面传来街市的喧哗。

忽然，不知道是谁在吉玲背上狠狠地打了一下。她跪倒了，眼前一阵昏黑，随后一切都在忽忽悠悠中旋转起来。几秒钟以后，她清醒了，挣扎着站起来。

吉玲面前站着一个日本侦探。他从街上就跟着她。

"你筐子里是炸弹，不是橘子！"日本侦探狠狠地说着，把筐子上的布拉开。

筐子里盛着橘子，那个日本人把手伸到橘子堆里往下摸。吉玲缩起身子，用全身的气力，把那日本人从栏杆旁边推开，将筐子倾泻了出去。

筐子里的橘子在半空中散开。几千张传单，随着橘子好像雪片一样飘飘摇摇地降落下去。

吉玲向电梯跑去。那侦探，突然像想起什么事情似的，向那些日本军官们不知道喊了几句什么话。他们像得了号令一样，一起向吉玲扑过去，试图挡住她的去路。

苏联作家写作的中国抗战小说

　　那些被风吹上高空的传单，有些落在了永安公司的屋顶平台上。吉玲跑着，机械地抓住一张传单，痉挛地握在手里。

　　那女孩子像一个被追捕的野兽，在那些小桌子中间乱窜，把椅子都撞翻了。她的身后紧跟着一群醉酒的日本军官。

　　当吉玲跑到一个狭窄的过道里的时候，她觉得自己就要得救了。这里是仆役们出入的便道，站满了一些中国茶房。"他们不会捉我的！"她的脑子里闪过这么一个念头。

　　这时，吉玲被那侦探掷过来的椅子绊倒了。她爬起身子继续跑，但是现在她只能转身往栏杆那边跑，日本人从四边拥上来。

　　吉玲气喘着转过身来。迎着她，跑来一个脸涨得红红的、张着两只手的军官。他已经醉了，眼睛里燃烧着狰狞的神色。

　　吉玲爬上栏杆，镇定地叹了一口气，想："宁肯死了，也比落在他们手里好，反正他们会把我杀死的。"

　　她大声地、急促断续地喊道："中国人，打日本鬼子呵！消灭他们！"

　　当着她跳下去的时候，那些日本人的手已经触着了她的身体。

　　反日的传单，雪片似的还在空中飘着，飞转着。千百个过路人，捡起传单，匆匆走开。日本巡警向永安公司跑来。

　　在百货商店的前面，靠近十字路口的马路上，吉玲像小孩子在噩梦中似的，伸开着四肢躺着，小拳头紧握住传单的一角。传单上写着：

　　"……中国人，反抗残暴的日本侵略者！为着保卫祖国，大家团结起来！上海中国青年救亡协会印。"

小孩子陈财

"宁为战死鬼,不做亡国奴!"

这一件事情发生在南京。

沿着西街的两旁,在延长到两条横街那么长的距离之间,紧靠着房屋的墙壁,站满了人,好几千人被驱逐到这里。狭窄的人行道和石子马路被高高的障碍物给隔开了——铁棘网拴在深深插在地里面的木桩子上。

太阳下山了,但是周围还很闷热,炙熟了的土地发散着热气。沉默的一群人呆呆地站着,挤得紧紧的,气闷得使人发昏。谁也不知道,他们为什么都被驱逐到这里来。

日本兵沿着有铁棘网的障碍物走动着,他们威风凛凛地手持着步枪。

在西街和商业街的十字路口,一些中国人在日本兵警戒下修筑一个宽宽的、一人来高的木头平台。台旁站着几个日本军官,他们摇动着骨柄的带长丝线穗子的扇子。兵士们给他们送来凉水,他们喝下去,痛快地叫出怪声来。

木匠们做完了自己的工作,平台修成了。就在此时,在西街的街头上出现了一辆满是尘土的军用汽车。

这辆汽车在横街前停下了。在那里的铁棘网后面,拥挤地站着一群人。汽车门带响声地开开了,一个人从汽车里被推出来,摔倒在石子路上。随后跳出几个日本兵,手里拿着枪,枪上佩着短的但是宽刃的刺刀。其中一个，狠狠地用刺刀把那个倒在石子路上的人刺了一下。那个被刺的人，痛苦地抽动一下，很快地爬起来——先是双膝跪起，然后立起身子来。他穿着白布裤子和同样的一件短褂，领子已经被撕掉了。他直起身子，头向后一仰，把遮住眼睛的长长的乌黑的头发甩开。

这是一个瘦小的男孩子——还没有成年，看样子不过十五六岁。嘴巴已摔出血来，凝结了的污血点浓浓地染在褂子和裤子上。那些日本兵把他双手拧在背后，紧紧地用绳子绑起来。孩子的脸色痛得惨白，咬着牙，他的眼睛中涌出泪来。日本兵沿石子马路牵着这孩子，刺刀抵着他的背脊。

群众在恐怖中看着这一幕的经过。孩子在人群面前被牵着走了两次（沿着街道两旁，一边走了一次）。他的眼睛因为憎恨而闪耀着凶亮。由于痛苦，他的腿软了。日本兵把他拖到平台前，粗暴地向上扔去，但是他的身子顺着板缘滑下来，没搭住，又摔在了地上。

孩子把牙咬得那么紧，好像他的颧骨在痉挛着。军官们对兵士们吆喝了一阵。他们把孩子从地上抬起来，把那轻轻的身子高举到半空，又重新扔到平台上。平台上边已经站着三个日本兵和一个日本军官。他们弯腰把孩子抓起来，并且把他绑在一面宽的、垂直于平台的木板上。

人们屏息了呼吸，留心看着这些准备工作。他们只是稍微向前移了一点，更贴近了铁棘网。站在平台上的那个日本军官，把喇叭筒放在唇边，用半通不通的中国话喊道：

"喂！中国人！我们的司令部请我们把你们统统地驱逐到这里来，为的是看看我们怎么样枪毙反对日本人的混蛋小孩子。他早晨到兵营里来散发反对日本人的传单，晚上往我们总司令部的窗户里扔炸弹。喂！中国人！看看啦，看我们怎样地杀他吧。假如你们不害怕的，也要那么样干的话，像这个反对日本人的土匪小孩子一样，我们一定把你们统统地照这个样子地杀死！这个样的，我们的司令部给你们看看！"

人们不安地开始骚动，轻轻地喧操起来。

日本兵对着众人举起枪来。众人战栗了，退缩到墙根，不敢再出声了。那孩子用镇静的眼神从台上看台下的人们。他高高地仰起头来，时而向左时而向右地转动着。

在这群人的深处，差不多紧靠着墙的地方，一个老头子突然惊慌地低语起来：

"呀，那不是财，陈鞋匠的儿子么？就是那住在鸡市上的。他是多么老实的小伙子呀！咳！"

"别说话！别说话！你太放肆了！"各方面向他发出了埋怨声。

老头子不出声了，两只手抱住了自己的头，低微地呻吟着，靠近墙边。

台上的日本军官发了一声口令，日本兵们对着那孩子的头瞄准。财的惨白的脸上浮起了微笑。他向前，抵着绳挺起胸膛，用孩童尖锐

的声音,粗犷而勇敢地喊出:

"中国人,不要怕!打死日本鬼子……"

台上的日本军官愤怒地挥了挥手,枪声切断了那孩子的叫喊。他的头垂到胸口上,膝盖屈下来,他死挺挺地挂在绳子上,那把他绑在板子上的绳子上……

日本兵和军官们驱逐着群众,疯狂地用枪把子捣着人们的脊背。他们赶尽了南京西街上和商业街上的中国人……

三位少女

中国的军队保卫浦东已经一个多星期了。部队的人数不多,一共只有一营人,来抵御包围浦东的一旅团日军。日本兵的炮弹和炸弹毁坏了街道和房屋,一群一群的居民在已被炮弹燃烧起来的城里惊慌地乱跑着。

中国的兵士们并没有退却,他们将自己的一营称为"敢死队",即便是已经接到总司令颁发的撤退命令,也拒绝放弃阵地。战士们虽然经过激烈的战斗已疲惫了,但是他们还是充满了决心反抗掠夺者,激怒地防御着。他们守卫着每一寸土地,在每一寸土地上洒遍了鲜血。

这一营里,不断地有新生力量加进来,是一些青年、少女和老者们。他们从战死的战士们的手里拿过枪,去射击敌人。虽然他们不曾使用过枪来消灭敌人,但他们在火药的烟雾中和炮弹的爆炸声中,学会了和敌人争斗的本领。

日本军队在第八天的中午冲进城里来了。

守卫城的那一营弟兄，差不多完全牺牲了，只剩下一小部分勇士。但是他们还是继续抵抗，躲在房屋凸出的地方和壕沟里，用机关枪和手榴弹迎击敌人。不久以后，全城都寂静了，再也听不见枪声和爆炸声了，浦东陷入了敌手。

三位少女——那英勇营的掷手榴弹者，爬进一所已被炮弹击毁的房子下面的地窖里。八天以前，这三位少女还是浦东丝厂的女工呢。现在，她们一动不动地、沉默地躺在地窖里，也没有什么话好说。街道上的枪击声和居民的惨叫声一阵一阵地传到这里来。

那里，街道上一定是"皇军"的队伍在解决中国的老百姓了。他们把所有的男人（包括老头儿们和年青人）都赶到浦东铸铁厂的高墙下，用机关枪把他们杀死。妇女们，在日本兵的刺刀下被拖到黄浦江边旷场上。在那里，日军搭起了营帐。

少女们躲在地窖里，紧张地细听着从街道上传进来的喊叫声。

"宁肯死，也比落在敌人手里好！"小季说。

"他们把女人拖到营帐里，去满足日本兵和军官们的兽欲。"吴梅喊着说。

街道上的喧嚷已停止了，叫喊声也渐渐地安静下来了。

"我们不应当留在这里。他们也会找到我们头上来的。"一直沉默着的胡兰忽然开口了。

"你是不是有意让我们到他们那儿去呢？"小季问。

"是,我们应当去!"胡兰安静地回答了。

小季和吴梅互相看了一眼,然后带疑问地望着胡兰。

"我们没有办法活着从这里逃出去,"胡兰说,"假若我们命里注定要受日本强盗侮辱而死,那我们一定要有代价地死。我们还留着手榴弹呢,整整八个!这足够使他们(日本兵)付出高昂的代价来。"

"胡兰……"小季颤抖的声音说,"我们不怕死!你告诉我,我应当做什么,我跟你去!"

"我也去!"吴梅高声地说,"我宁愿今天做人而死,不愿明天活着做奴隶!"

"我们一共有八个手榴弹,我拿三个,吴梅拿三个,小季,你拿两个。手榴弹很容易藏在衣服里,就这样。"胡兰把手榴弹放在旗袍里,然后用带子扎起腰,"我们一直就到日本兵营去,等他们扑过来的时候……"

胡兰说话的声音低微得刚刚能听到。小季、吴梅把头凑近,注意地听着。

少女们从地窖里爬出来,把衣服上的尘土拂掉,然后向着黄浦江边去了。街道上一个人也没有。她们直到走近日本营帐的时候,才被卫兵发见。日本兵们互相嬉笑着,但是少女们依然很镇静地走到营门口。这里已经挤满了二百多个日本兵了,两个军官从附近一个营帐里走来。少女们在门口站住了。

苏联作家写作的中国抗战小说

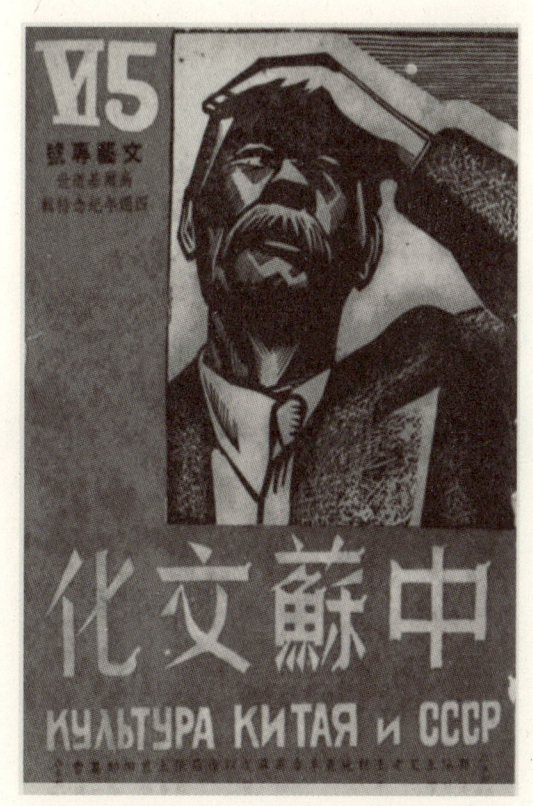

《中苏文化》(1940年第6卷第5期)

"自己来的，很好！很好！"一个麻脸的下士恶笑着说。

他已经转身准备迎上去，忽然看见兵士们向两边让开，两个军官向着少女们走来了，少女们面色苍白地静立在门前。军官们走来以后，所有的日本兵都拥上来了。军官彼此商量着，微笑着。其中高而瘦的一个，鼻梁上载着金框的夹鼻眼镜，走近小季身旁，伸手托了一下她的下巴。小季向胡兰递过一个探问的眼色，得到对方点头示意以后，小季忽然把日本军官推开……

手榴弹接连掷到日本兵身上，惊慌失措的一群日本兵号叫着奔向两旁，但手榴弹总追得上来的；四周死尸狼藉，受伤的日本兵希望能逃出铁棘网；胡兰把最后的一颗手榴弹扔出，拥抱起她的两个朋友，她们镇静地望着向她们扑过来的日本兵，一直到冰冷的刺刀触到她们身上的时候，三个朋友始终紧紧地拥抱在一起……

原载于1940年第6卷第5期《中苏文化》

第二次世界战争下的妇女劳动

【苏联】伊·瓦良士 作　张郁廉 译

【原作者简介】

　　伊·瓦良士（1884—1943），旧译瓦浪斯基，今译全名亚历山大·康斯坦丁诺维奇·沃隆斯基。苏联著名文学评论家、政治家和作家。1904年参加俄国社会民主工党（苏共前身）。1912年参加在布拉格举行的第六次全俄党代表会议。曾被沙皇政府流放过。十月社会主义革命胜利后，于1921年—1927年任苏维埃文艺性政论刊物《赤新地》主编。其间，兼任《探照灯》杂志主编。鲁迅曾撰文介绍过其多篇文学作品。——编者

一　各国妇女劳动法令

战争所给予劳动妇女的影响，从来没有像这次战争（即第二次世界大战——编者）这样厉害。假如说，在一九一四——一九一八帝国主义世界战争（即第一次世界大战——编者）期间，各交战国中没有一个国家动员妇女参加工作，那么，现在的这次大战，却在战争开始的时候，甚至战争爆发之前，许多资本主义国家（而且不仅在交战国，连中立国也在内）就宣布了许多关于妇女劳役——妇女劳动动员的法令。

法国在一九三八年七月，根据《全国战时组织法》规定了妇女劳役办法，宣布凡从事国防工作者，不论男女，自一九三九年八月二十四日起，在国家需要的时候，都有整批被"征用"的可能。就是说，他们随时都有可能被调到别的工厂或工作部门。

国民劳役，即军事化的劳动服务的特征，就在于，男女工人有随时被调换工作的可能，他们没有权利自动调换工作，或者在未得有关军事主管方面允许以前，不得擅自离开工作场所。所有这些军事化的工人的劳动条件都是军事当局规定的，如冶金方面的女工须向国家劳动局登记，以便将来随时适应军事工业的需要，把她们分配到相当的部门。

英国还没有妇女劳役法，但按一九三九年九月五日的规定，英国国民，不分男女，都得到所谓国家登记处登记。就其本质来说，这便是要实施全国劳役办法的前奏。英国军需大臣在下院的答辩中曾经说过：军事工厂将大批吸收女工，要她们去从事需经短期训练的工作。

德国的劳役法，其中包含妇女劳役，在去年就实行了。一九三八年六月法案宣布："为完成一些特别的、具有国家政治意义的任务，为确保劳动力需求无虞，所有日耳曼帝国的住民，无论男女都须应劳动部的征集，在一定时间之内，于指定的工作地点，担任某项工作。并且可以命令他们去接受对于担任某项工作的必要的训练。"

按另外几项法规："'在非常需要的场合'，所有帝国的居民，凡年在十五到七十岁者，均可'被征集于各种行政机构担任非常工作'。"

一九三八年二月，对一部分未婚少女（年龄在二十五岁以下者），曾实施了一种以一年为期的义务劳动服务。此外，凡欲进入缝纫、纺织和烟草企业或一般行政机构和办公厅工作者，须缴呈其在从事农业和家政义务劳动时曾接受训练之证书。

从一九三九年一月起，曾普遍要求所有未婚妇女参加为期一年的劳役。一九三九年三月至七月期间，参加义务劳动的青年妇女有二十一万七千四百八十人。

罗马尼亚在一九三八年九月颁布的法律中认定：假如有战事发生，妇女有服劳役的义务。

瑞典所颁布的法令是：政府在动员时，有权征用所有有工作能力、不分性别、年龄在十六岁以上七十岁以下之国民从事义务劳动。

芬兰在一九三九年六月间颁布了《战时劳役法》，规定所有男女国民，凡年在十八岁以上六十岁以下皆当服劳役，"而从事于直接或间接与国防有关之工作"。

所有应服劳役的人们都被限制了或完全失掉了调换工作地点的权利。这些人应在当局指定的工作地点工作，未经许可不得调换。一部分劳动保护法被废除了，劳动条件受军事当局或其他国家机关辖治。

在这些交战国里，保护劳动者的立法中主要的一部分，都被废止了，引用布尔乔亚的话说，是"有点儿被削弱了"。

二 工作时间的延长

法国一九三九年九月一日的规定：各工商业中妇女与童工的标准工作时间，根据监督机关之同意延长到每日十小时，每周六十小时。这种规定与成年男子延长工作时间相差不多。经工业监督人员之允许，凡有关国防利益的生产工作，工作时间甚至可以延长为每周七十二小时。

战争开始时期，每周的休息例假，就被一笔勾销了。劳动部长声称："对于每周休息例假的废止并不采取固定的方式，各企业的指导人员得斟酌情况适应需要，有便宜行事之权……"

英国也有同样情形，"因为目前非常需要"，认为"劳动保护法"足以削弱工业和某项行政的工作。

依照规定，自一九三九年十月一日起，"国家事务官有权依照一定条件的实际情形，以行政手续解除个别企业及某类工作或多家企业及多项工作所适用之工厂法令"。

德国下令，自一九三九年十二月十二日起，对于自九月一日颁布的"每日工作时间不应超过十小时，此种限制适用于所有的工人"的法律，给予了某种程度的松动。换句话说，就是对于男女及未成年者一体应用的规定，"将来在别种情形下如再须变动（这就是说，若要再延长工作时间——作者），依法须经帝国劳动大臣之许可……若系临时性的，须经工厂监察人员之许可"。

日本工作日的延长也同样在所谓"限制"为十二—十四小时的框架下，依据一定的条件可以再延长。

依照"限制工作时间"的法令，在日本的军事工厂里，工作时间，连同额外加班的时间合计，依法不得超过十二小时，"在该项工作需要延长工作日的场合之下亦不应超过十四小时；规定工人每月最低限度享有二天休息；但是，在有特别需要的场合之下，工作日得延长，休息日亦得废止"。

该项法令还要求企业主特别注意女工和十六岁以下之童工，因为法令当中对女工及童工并无具体规定，那么依照工作时间不得超过十二—十四小时的"限制"来看，显然对女工和童工也适用。

三 失业妇女人数的激增

当军事工业中的工作最紧张的时候，其他经济部门却因为战争增加了失业的恐慌。首先被牺牲的总是妇女。特别是生产减缩厉害的日用品企业，如纺织和食品工业、各种奢侈品工业，偏偏都是平素最适宜女工工作的部门。

因为都市疏散人口，工作范围缩小，这些范围缩小了的工作部门，也恰好是平素妇女分配最广的职业部门（如零售商店及家庭作坊等）。

这种情形之在英国，正如一九三九年十月十七日的《泰晤士报》所写的情形："战争爆发后的一种直接的影响，是许多女士被辞退而失掉了职业。所有能给妇女们工作的工商业都关闭了，因而发生了一种严重危机。"

失业的人数继续增加，虽说英国已有一百万男子征调到军队去服务。

People Belge（一九四〇年一月一日）报上有一篇论文，题目是《全世界的失业恐慌》："在战争的最初几个月，多数交战国，许多中立国家也同样，失业人数愈来愈多。"

失业恐慌带给英国的统治阶层的不安特别大。战争开始后一个半月间，也就是说在十个半月以前，失业者的人数添了二十万，其中十七万五千是妇女。

根据最近发表的消息，一九三九年十二月中旬，失业的人数有一百四十万人。男子失业人数约七十一万，比战争的第一个月——九月份，失业人数增多，虽然这时候有将近一百万的男子已被调到军队服务。十二月里，妇女失业的有二十八万人，比前一年的同一月份（一九三八年十二月）的失业者人数也增多了。《泰晤士报》一九四〇年一月九日刊登的《严重的失业恐慌》一文，显示出对于英国失业恐慌的强烈不安。

四 工资与权利的不平等

假如说失业对家庭影响很大，那么在另一方面，由于战时工资不平等，给妇女带来的痛苦就更深刻。实际上，既有数百万的男子被征往军队里去服务，那么妇女靠所得的工资来养活的亲属自然比平时更多。

下列的统计表，指出妇女工人所得工资占男性工人工资的百分比：

美国一九三八年

一般制造工业——五七

机器制造业——六一

化学工业——六七

棉纱业——七二

德国一九三八年

金属制造工业中的助理工人——七五

化学工业——五六

纺织业中的熟练工人——六九

缝纫工业中的熟练工人——五五

糖果工业中的熟练工人——五四

日本一九三九年

一般工业——三四

瑞士

工业运输和商业（平均）——五六

在所有资本主义国家里，虽做同样的工作，而妇女所得的报酬比男子少得多。

妇女所得工资的一般水准特别少的另一原因，多半是因为她们工作的熟练程度低而以最低工资被雇用的结果。

根据美国工业各部门的调查，我们得到对于这个问题很有价值的材料。一九三七年电气工业之调查，说在有训练的工人中就没有妇女；在所谓"有点训练"的半熟练的工人中，妇女占极少的百分数。这种半熟练的女工在电气工业全部女工中只占百分之二十八，这就是说，百分之七十二是不熟练女工。

这些熟练程度不够的妇女劳动者，现在给各交战国添了不少忧虑，因为军事工业缺少熟练工，须由妇女来补充，因而战争对于妇女的压榨就特别厉害，同时还不断地要求她们完成许多更新的义务，而她们则停留在往日那种没有权利的境遇中得不到改善。在多数资本主义国家中，政府机关不接受已婚妇女工作，她们也不能在学校里教课。女子假若结了婚，就会被撤职。"战争期间，英国政府废除禁止已婚妇女服务政府机关的法规。"但这仅限于战时。就是说，现在需要妇女代替出征男子的职务，而且资本主义国家还设法从中取利，因为代替男子工作的妇女所得的报酬少。

"一九三九年九月二十八日，英财政大臣在下院答辩政府是否准备实施同一工作同一工资俾为各私人企业及团体作表率问题时说：政府对于为公家服务的男女人员做同一工作而付予不同工资的现行办法，并不准备实行任何变更。"

在美国也有同样情形。在联邦各州，有一大部分国家和各省市自治机关的岗位，是不准许已婚妇女参与服务的。

下列 New York Herald Tribune 报上的一段文章，很可以说明美国妇女的法律地位："在我们四十八个州的法律撰编里，可以举出一千条以上的法律条文在内容上是把妇女的权利贬在男子之下的。在有的州里，丈夫可以代妻子领取工资，妻子假如有误事之处，丈夫得向妻子要求出钱赔偿，像对待女用人一样。在许多州里，母亲没有如同父亲一样的要求子女赡养的权利。妇女对于商业义务上的签字，仅仅在纽约有效，在有的州里，对于妇女在商业义务上的签字，完全不承认，就是对于能干的职业妇女——担负丈夫和家庭费用的妇女也不例外。在许多的州里，一直到今天，还不许可妇女出席法庭任陪审官等类职务。"

五 妇女成了反对战争的先锋

虽然这样，但是劳动妇女在社会和政治上的地位仍日见重要。在反对战争的运动当中，妇女们差不多都是积极的参加者。

一九三九年十月，印度发生了一次反战大罢工，是发生在保木利亚纺织工厂里。那个工厂有许多女工在工作。同时，不仅保木利亚一厂，全印度纺织工业在这个同盟罢工运动中是居于领导地位的。

"印度人民组织一些规模很大的反对英国企图引诱印度参加欧战的抗议示威运动……"在这个反对战争的示威运动里，当然也有纺纱工业的工人参加。据说，在八十个较大的印度木棉纺织工厂里，有三十二个工厂宣布二十小时的罢工，参加罢工的人数有五十万。罢工的口号是："打倒帝国主义的战争！""打倒对印度的剥削者！"

美国各种的妇女团体，左右着美国的国会，反对参与战争，并且反对更改中立法案。

虽然警察方面已想尽了种种提防和阻止的方法，但是费拉杰里夫地方护宪委员会的委员，仍以秘密进行的方式发动了一百多位妇女，在卡皮托里举行了反对修改中立法案的示威。

Daily Worker 发表了一段关于汽车工业的女工组织了一次游行的情形：

"杰德罗伊特妇女协会在参加生产业职工大会的汽车业工人的合作之下，一致决议：严格遵守中立法案。协会并且认定，美国工人不要战争，不同意参加任何的战争。"

古巴的第二次全国妇女大会宣布了反对战争的号召。

英国妇女曾积极参加反战大示威游行。在几次为适应物价上涨而要求增加工资的大罢工中，那些女工最多的工业部门，如纺织和金属制造工业等等，参加的人数相当多。

第二次世界战争下的妇女劳动

《妇女生活》（1940年第9卷第2期）

资本主义国家的妇女，在自己艰苦奋斗的同时，不断地注目苏联——妇女已经从一切的不平等和压迫中解放了的唯一的国度。

译自苏联1940年3月号《世界经济与世界政治》
原载于1940年第9卷第2期《妇女生活》

苏联妇女

张郁廉 作

苏联妇女在建设苏联、繁荣苏联、保卫苏联的事业中，和男子有着平等的权利、同等的义务，有一样多的机会可以贡献她们的才能，发挥她们的抱负。作为"母亲"，她们在神圣的孕育之光下，无论在法律上（还是）事实上，都特别享受优越的待遇和关心。

解放了的苏联妇女是在进步和向上的历史过程中，愉快地，荣耀地，尽一切所应尽、所能尽的责任，合理地享受着一切所应享、所能享的幸福。

"妇女构成了国家人口的半数，是一支占人口半数的巨大的劳动军！"——这是一个事实。苏联肯定了这个事实，把握了这个事实，并且发扬了这个事实的意义。

我们来看看一九四一年三月以前苏联妇女在苏联劳动社会里的比重：

苏联各种工业企业部门中，妇女员工的人数有一千一百余万，占员工总数的百分之三十八点四，其中有十万多女工程师和女高级技术人员。在运输业中任铁路机车司机的女工，在冶金工业中任炼钢工作的女工，较往年都增加了很多。这说明，在苏联国家命脉似的重工业中，妇女参加的人数一天比一天多起来了，并且证明，妇女也可以担任最复杂、最繁琐的体力劳动。

妇女参加农业工作的有二千余万人，其中已有十余万人能驾驶拖拉机、联合收割机和其他机械化的农具。

妇女教师的数目已达六十五万余名，占全国教师总数的百分之六十以上。

妇女在各医院、各诊疗所和药房工作的专门人员，已达七万三千余名，占全国医药服务人员总数的百分之六十以上。

妇女在各种高等学术机关和各科学研究所担任研究工作的，有三万三千名，占学术工作人员总数的百分之三十七。

此外，在苏联最高苏维埃代表中，有妇女二百二十七名；在各省各加盟及自治共和国最高苏维埃代表中，有妇女一千四百八十名；在各级地方苏维埃代表中，有妇女四十五万七千六百五十九名。

"我们不需要战争，我们忙于建设工作，但是如果我们遭遇到敌人的攻击，男的，女的，一样有保卫苏联疆土的神圣任务。我们将走上前线，也将在工厂中代替丈夫兄弟和同志们的位置。"——这是列宁格勒的女工在写给斯大林的信里的壮语。事实上，这段话也可以说是苏联千百万妇女大众一致的志愿。

苏联妇女在十月革命时期，曾经担当过流血的战斗任务。那种英勇的战斗精神，到今天，不但没因为国家已经进入和平的建设时期而消沉，反而更加深刻、更加普遍化了。今天的苏联妇女不但有英勇战斗的精神，而且由于努力学习的结果，还具备了现代的战斗技术。成千成万的妇女已经接受过射击、滑翔飞行、跳降落伞、防毒、防空和救护等的训练。在国防化学、飞机和机械化战具的研究室里，也有妇女在卓越地工作着。

苏联妇女在飞行方面的成就，尤其惊人，产生了许多女飞行家，创造过许多优越的记录。其中，女飞行家、"苏联英雄"格雷札杜伯娃、拉斯格娃等，特别为全世界所熟知。

最近的消息：苏联政府已经批准由雕刻家汉瓦文和莱森科为已经殉职的女飞行家奥西班科造一座纪念碑——这是人类史上第一座女飞行英雄的纪念碑，将崇高地在大地上立起来，直面今日这战火凶凶的世界，宣布二十世纪觉醒了的母性们的勇敢！

苏联的妇女和苏联的男子们一样，已经取得了保卫苏联的权利，已经成长为保卫苏联的力量了！

"为着孩子保护母亲，为着母亲保护孩子，要把母亲的利益和孩子们的利益分开是很困难的，因此注意母亲即是注意孩子。""大家可以无尽地诉说妇女的权利，可是要她们实现权利，不能只是一纸空文，必须在她们尽她们伟大的、严肃的母亲的责任时，提供帮助。"——M.伊林[①]

苏联的法律对于妇女劳动平素就有周密的保护。对于怀孕、产前产后和哺育婴儿的妇女，尤其关心保护，有种种休假和津贴的规定。此外，国家用大批经费为妇女和儿童增加并改善医药保养方面的设备，已经是人所共知的了。

[①] M.伊林，今译为米·伊林（1896—1953），苏联著名科普作家。广为中国读者所熟知的《十万个为什么》，即伊林早期创作的科普作品。

据最近苏联塔斯通讯社的报道：

现在苏联的产科医院共有十四万五千张产妇床，九千七百个产妇婴儿健康检查站，固定的托儿所可容九十万儿童。今后，在一九四一年内，相关的设备和设施还将增加许多。

苏联政府对于多产的妇女单独有一项津贴：生第七个孩子的母亲从孩子降生起，每年得两千卢布，直至孩子长到五岁为止；生第八个、第九个、第十个也是照生第七个孩子的津贴办法一样；生了第十一个孩子的母亲，每年得津贴五千卢布，孩子长到五岁为止。

一九四一年三月以前，苏联妇女领这种津贴的人数共有四十五万余名，其中二千三百八十四名各有子女十一人及以上。自有关各项津贴的法令公布以来，政府已经发出了四百四十一万卢布了；仅仅一九四〇年一年间，就支出了十二万零五百卢布。

在苏联，工作成绩优秀的人，会得到政府和人民大众的推崇和奖励。其中，包括广大的职业妇女。因为工作优秀，获得种种荣誉头衔和物质奖励的妇女人数很多。今年三月，苏联政府颁发了一种斯大林奖金，妇女中荣膺这个奖金的人数也不少。像曾经获得苏联政府劳动红旗勋章的女雕刻家谟金娜，这次又获得斯大林奖金十万卢布。还有化学博士、著有有机化学著作卅八种的著名女科学家诺克斯格娃，在输血与实验化学疗治方面功勋突出的医学博士斯康捉娜和莱具戴娃，以及另外几位女发明家、女电影演员、女戏曲著作家、女歌剧专家等，得到斯大林奖金二等奖。

苏联的妇女常常说："人生最大的快乐，就是知道自己是祖国的有用之才，并且为祖国所急需。"

原载于1940年第2卷第9、10合期《妇女新运》

苏联妇女

《妇女新运》（1940年第2卷第9、10合期）

献给中国人民

【哈萨克斯坦】江布尔 作　张郁廉 译

【原作者简介】

　　江布尔(1846—1945)，全名江布尔·扎巴耶。苏联时期哈萨克斯坦伟大的民间吟唱诗人。生于贫穷的牧民家庭，自幼用冬不拉伴奏即兴说唱各种故事、史诗、传说。他虽然不识字，也不懂文学，但所创作的诗赋有强烈的时代感，深受民众欢迎，曾荣获斯大林文学奖，当选为哈萨克最高苏维埃代表。1938年，苏联政府将哈萨克斯坦南部的一座古城命名为"江布尔"州府。1954年，由东北电影制片厂译制的苏联电影《人民歌手江布尔》在我国公开上映。近年来，哈萨克斯坦共和国发行了江布尔的邮票和钱币，以纪念这位曾经在十月革命和卫国战争中做出过卓越贡献的民族英雄。——编者

献给中国人民

我的弦声响亮而紧迫,
正像鹫啸,伴随着激怒的歌。
歌啊,你沸腾吧,鹰似的飞越在那万有之上,
看,日本在抢掠中国!

张牙舞爪的豺狼披着太阳旗的外套,
横扫过那静穆的屋脊,有如风暴;
他们是来自一衣带水的海岛,
疯狂地吞噬着中国大地上的财宝。

我们记得,曾像不祥的阴影掠过,
日本侵入了朝鲜的每座村落;
它像鞑靼酋长帖木尔一样地无耻,
又践踏了中国土地上和平的阡陌。

我们看见,他们怎样轰炸边境,
霸占了中国广大的疆域,
我们又看见,在惨叫呻吟中的,在炮声下的,
那焚烧着的城市,焚烧着的楼宇。

献给中国人民

他们踏坏了农人的稻田和五谷。
百姓到处逃命——光着身子，赤着双足。
两条腿的野兽在夜的黑暗中，
强奸着少女，屠杀着妇孺。

庞大的军队是窜来的流寇，
毫无顾虑地抢夺，再加上公开地破坏，
他们像鼠疫似的在中国大地上蔓延，
用炮火偷袭着村寨。

日本人想趁着燃烧的火光，
轻而易举地，一击就结束中国。
但是强大的中国展开了铁肩，
那炽热的熔铅，贯流了整座山河。

千百万激怒的群众站起来了，
冒着弹雨，向着火线，一营一营地向前冲，
一师一师地出发了，响应着号角的召唤，
在争自由的旗帜下，在威严的斗争中。

献给中国人民

被玷污了的人民荣誉的捍卫者呀,
为了土地,为了新的生命,
为了空气、星星和阳光而奋斗呀,
江布尔在讴歌你们不屈的身影。

在炮弹的怒吼中,在刺刀的丛林间,
暴力者认识了还击的凶悍,
认识了人民怎样会战斗,
当强盗抢占他们土地的瞬间。

全世界,所有的民族都怀着敬爱的心,
注意着你们每一次的交战,每一次的攻击。
各国人民都欣慰地注意着,
中国的人民是怎样收复了失地;
怎样从祖国的土地上,用刺刀赶走了
那张牙舞爪的法西斯熊罴;
光荣的将领又怎样发布命令:
"陆海空三军——
筑起铜墙铁壁!"

献给中国人民

中国的人民，更英勇地自卫呀！
更用劲地杀光那些来自异国的刽子手！
在神圣的民族保卫战中强大起来，
全世界的劳动者都是你们的朋友！

我，年老的江布尔，从喀什克斯坦的草原，
从那燕子花、罂粟花和郁金香盛开的地方，
弹着古老的"珰布拉"琴[①]，为你们助阵，
并和自己的人民，带给你们我的歌唱。

杀开和驱散那黑鹫似的乌云，
激愤的、威严的、果敢的、强大的姐妹兄弟，
爱自由的中国人民呀，
像云里的闪电，高空的雷霆，粉碎那些法西斯蒂！

译自苏联1938年5月号《赤新地》
原载于1940年第2卷第5期《文学月报》（重庆）

---

① "珰布拉"，即"冬不拉"。

献给中国人民

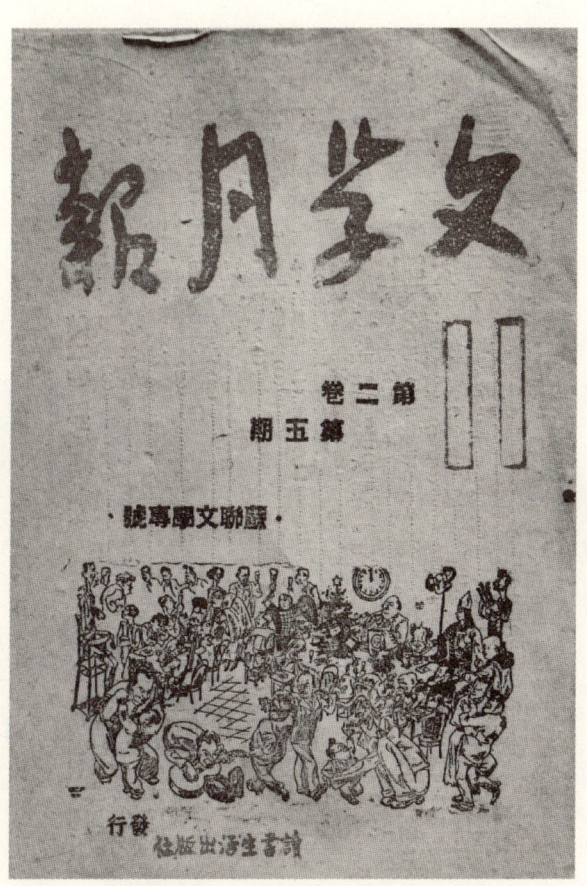

《文学月报》（1940年第2卷第5期，重庆）

在顿河上

【苏联】M.肖洛霍夫 作　张郁廉 译

【原作者简介】

　　M.肖洛霍夫(1905—1984),今译为米哈伊尔·肖洛霍夫。著名作家,20世纪苏联文学的杰出代表。曾获列宁勋章和"社会主义劳动英雄"称号,并连任多届苏共中央委员、苏联科学院院士。其作品主要描写俄罗斯革命、内战和集体化时期顿河流域哥萨克人的生活和命运。其中最著名的作品是《静静的顿河》,1965年获得诺贝尔文学奖。其代表作品还有《胎记》《被开垦的处女地》和《一个人的遭遇》等。2005年,联合国教科文组织决定将该年命名为"肖洛霍夫年"。

——编者

在顿河上

M.肖洛霍夫——《静静的顿河》的作者,是我们很熟悉的一位苏联作家的名字。这篇《在顿河上》,是他在苏德战争爆发后的第一篇报告式的短篇。他以有力的笔触,描绘出在动员中的顿河区克萨克①农庄的情景。原文载本年七月四日《真理报》。

——译者

送行的人们和一些应征入伍的红军战士急急忙忙地向车站集结。在我的前面,两个七岁到十岁的小孩子,手牵着手向前跑,他们的父母亲把他们赶过去了。他,是一个强健的小伙子,看模样子是拖拉机驾驶员,穿着一条修补得很整齐的蓝色的工作裤和一件干净的衬衣;她,很年青,是一个皮肤暗色的女人,她的嘴唇庄严地合拢着,眼睛哭肿了。走到和我并肩的时候,她对她的丈夫说道:

"又是这些德国强……骚扰我们,他是不让我们太太平平地过日子……你呀!费加,在那里要留神,一步也别放纵他们!"

虎背熊腰的费加一边走着,一边用黑色油腻的手帕擦着掌上的汗,憨厚地、家长风度地微笑着,用坚实的声音说:

"你已经教导我一夜了,到现在还没有说够!不用你说我也明白,我知道我自己的事。你最好回家的时候,告诉你们的拖拉机队长,假如他们还是像我们刚才在克尼洛地看见的那样堆积谷子,那我

---

① 克萨克,即哥萨克,生活在东欧大草原的游牧社群,主要聚居在第聂伯河、顿河、乌拉尔河及捷列克河流域沿岸。

们一定把他的皮给剥掉。你就照我说的这样告诉他,听见没有?"

女人还打算说些什么,但是,男人快速地摇着手,低声地说:

"够了,够了,看上帝的面子,停停吧!等我们到了车站站台上,他们在那里什么都会告诉你的。"

火车站站台上,靠近演讲台,庄严地排列着被动员的人们,四周围满了送行的人。演讲台上站着高大的、挺着坚强胸脯的克萨克雅克夫:"我从前是个炮手,红军游击队的队员,我参加过内战。我把儿子教养大了,他现在像我一样,也是一个炮手。在红军的队伍中,他和波兰白匪、芬兰白匪打过仗,受过伤,现在和德国法西斯蒂打仗。我,射击精准的优秀炮手,实在忍受不了法西斯蒂的侮辱,所以我上书军事委员会,请求他们允许我做红军中的义勇兵,把我派到和我儿子一起的队伍里,我们好在一起打法西斯蒂,像我二十年前打白党土匪时一样!我愿意以共产党员的身份参加战争,所以我请求党组织接受我做预备党员。"

年青的克萨克罗曼把雅克夫替换下来。他说:"芬兰白匪把我兄弟打死了,我请求把我列入红军的队伍中做一名义勇兵,派到芬兰前线去,代替我兄弟的位置,为他的死复仇!"

老工人布拉金克说:"在红军里我有两个儿子,其中一个在航空队,另一个在步兵队伍。我,你们父亲对你们的训诫是:痛击敌寇,在空中,在地上,彻底歼灭他们。假如你们需要帮手,那么,我,老头子一定拿起枪，抖擞起我这把老骨头。"

　　秀实了穗的小麦——稠密的，嫩绿色的，高高地——立着，像座青翠的芦苇墙。大麦——长得比人高了，丰实的麦穗压得低低的，迎风摆动。

　　为躲开迎面驶来的汽车，骑马的人拐进了麦田里，马上就消失了：看不见马，看不见骑马人的白色短衣，只有克萨克帽子的帽缘在碧绿的麦浪上，影影绰绰地闪动着，像一支盛开的红色花朵。

　　我们停下汽车。骑马的人又回到大道上，指着大麦说：

　　"看，庄稼长得多么好，偏偏这时候该死的德国人……他们白费力气，多余来骚扰我们……可真是多余！我已经两天没有回家了，请我抽支香烟吧——好久不识烟味了——前方有什么消息啊？"

　　我们把最新的战报的内容告诉他。他捻着斑白的胡须说：

　　"我们的年青人已经打得这么英勇了，如果把我们这些身经三次大战的人召到前线，又会怎么样呢？我们会把这帮狗崽子一刀劈到产婆当年给他们结的肚脐上！我不是说他们简直多余来骚扰嘛！"

　　这个克萨克跳下马来，蹲在地上，把后背转过来，遮着风，开始抽烟，手头还握着缰绳。

　　"你们庄子上的情况怎么样？那些上年纪的克萨克对于这次的战争怎么说法？"我们问他。

　　"只有一个意见，赶快把粮草好好地收拾起来。但是，假若红军

在顿河上

马上要我们去,我们也有准备。婆娘们没有我们也会把粮草收拾好。你们知道的,我们老早就把她们训练成拖拉机和联合收割机的驾驶员了。"克萨克狡猾地眨了眨眼睛,微笑道,又说,"苏维埃政权一向励精图治,没松懈过。现在,我们这里的田野生活比较清静,是克萨克从降生以来都不曾享受过的。我们愿意寻求安逸,希特勒却不让我们安逸,所以,克萨克一定会全力参加这次战争。人民对希特勒的恨蒂固根深!难道他没有战争不能活?他到底打算做什么呢?"

(未完)

原载于1941年9月24日《大公报》

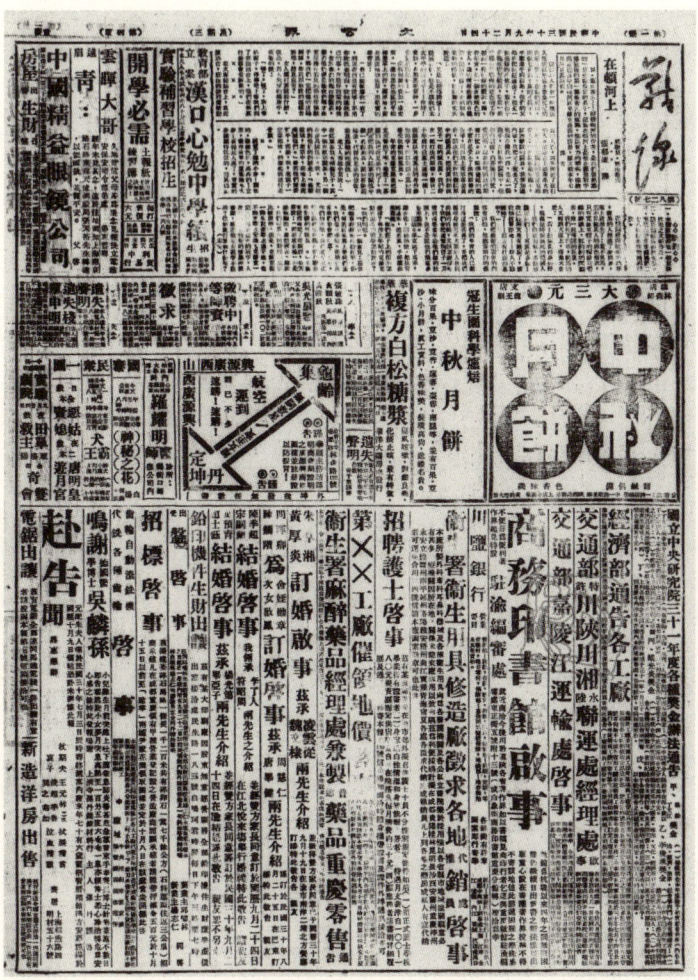

在顿河上

《大公报》(1941年9月24日)

在顿河上（续）

（接二十四日第四版）

【苏联】M.肖洛霍夫 作　张郁廉 译

我们的谈话伙伴沉默地吸着烟，斜视着那匹在安然吃草的雄马，片刻之后，带着沉思的神情说道：

"星期日我听过莫洛托夫同志的演讲以后，整夜睡不着，心想：……希特勒……希特勒究竟算怎么一个东西？这条毒虫，无所不食，不让任何人平安。以后，我又想起沙皇上次和德国的战争。那次的战争，我从开始就参加，一直到战争结束为止。想起那时候德国人的情形……就是这一只手结束了八个德国人，还都是在进攻的时候。"克萨克抬起自己的一只胳膊，不好意思地微笑了，继续说，"关于这件事，我现在可以公开地说了，从前总觉得不好意思……我获得两个十字勋章和三个奖章。他们绝不会是白给我的吧？就这样，我夜里躺在床上回忆和德国打仗时的情形，有一个想法跑到我的脑子里——很久很久以前，我读过一张报，那张报说，希特勒也参加过那次的战争。想到这，我的心里非常气愤，激动地坐起来，大声说，为什么那个时候他不是我手底下结束的八个人之一呢？大刀一挥，把他劈成两半该多好啊！妻听见我的声音，醒来蒙眬地问我，你这是替谁惋惜啊？'替希特勒，那咒不死的东西。娜茜，你睡，这不是你的脑子所能理会的事情。'"

克萨克用手把烟头捻灭，翻身上马，说："无论如何，他总会受到他应受到的惩罚！"

沉默一会儿，他提紧了马缰，庄重地对我说："假如你有机会到莫斯科去的话，就请你由亲近的人转告斯大林同志，顿河上的克萨克，无论老少都已准备好了去完成自己的任务！好啦，再见吧，我赶着到割草的区域去帮娘儿们割草。"

一刹那间，骑马的人就不见了，只有那些被马蹄从沙石隘路上扬起来的、顺风腾飞的一团团的尘埃标示着他的去向。

夜晚，在马霍夫斯基村苏维埃的台阶上，聚集了一群集体农庄庄员。一个壮年的、凹腮的庄员库兹尼诺夫沉着地说着话，他的饱经风霜的双手，自然地放在膝上：

"……我是受了伤以后被他们俘虏去的。伤势将将好一些，就把我派去做工。八个人绑在一张犁耙上，耕德国人的田。后来又被派到矿坑里去，标准是一天往车上装八吨煤。其实再怎么尽力，实际上也不过装两吨。假如做不到，便挨打。打的方法是把人面向墙壁，被人从身后打后脑壳，脸往墙上撞。然后关进带刺的铁笼里。铁笼很低，仅可以蹲着。坐两个钟头以后，用铁钩子把你从里面钩出来，因为自己已经爬不动了……"库兹尼诺夫用冷静的眼神，看着听众，依然更沉着地说下去，"请看看我，我现在又瘦又弱，体重却有七十公斤，但是，在他们那里做俘虏的两年半时间里，我的体重从来没有超过四十公斤……"

几秒钟的沉静——之后，依然是库兹尼诺夫的声音：

"我的两个儿子现在在和德国法西斯蒂战斗。我想，也该到了我上阵的时候了。但是，诸位，我再也不会做他们的俘虏，再也不会了！"

警醒中的沉默笼罩着一切。库兹尼诺夫低头看自己的古铜色的悸动的双手，低声说：

"我，当然，对不起，诸位，我的健康被德国人毁了，假如我参加战争的话，德国的兵，我或者可以接受他们做俘虏，但军官不行！不行，就是不行！我在他们那里所受的罪可怕的苦，都是他们的军官强加于我的。所以，这件事得请你们原谅！"

那个瘦长的高大的人站起来了，他的眼睛因为愤怒，出乎意料地炯炯放光，显得强大而年青。

战争的第二天，瓦尔沙夫斯基农庄的人们都跑到田里，甚至于连早就因为年纪大退休了的老人们都出来了。离庄子不远的打谷场上，完全是些老头子和老太婆们在工作。一个白发苍苍的老头，两只颤抖的腿分开，坐着用铁锹铲草。

"老伯伯,还是家去吧,怎么坐着做工呢?"

"腰弯不下,坐着得劲儿些。"

一起做工的妇女中,有一位插嘴说:

"老伯伯,还是回家去吧。这里没有你,我们也做得了。"

老头抬起孩子似的无邪的眼睛,严厉地回答:

"我的三个孩子都在和德国人打仗,我无论如何也应当帮他们做些事。你,还年青,教不了我,等活到像我这样年纪,再教导人吧!"

顿河区克萨克人的心里有两种情感:对祖国和斯大林的爱,对法西斯蒂侵略者的仇恨;爱将永远存在,仇恨则将延续到敌人完全被消灭的时候。

(完)

原载于1941年9月28日《大公报》

参加第二次世界大战之国家（表格）

【苏联】A.C.柯罗连科 编　张郁廉 译

【原作者简介】

　　A.C.柯罗连科，生平不详。从其姓名看，应该是苏联时期的乌克兰人，与苏联著名作家、记者、社会活动家V.柯罗连科（1853—1921）同姓，但不是同一人。1956年3月，中国国际贸易促进委员会与北京对外贸易学院合译A.C.柯罗连科的著作《苏联与外国缔结的贸易条约和协定》（法律出版社），涵盖了苏联1917年—1951年间的对外贸易条约和协定。据此分析，A.C.柯罗连科应当是一位上世纪四五十年代活跃在苏联政坛上的政治经济学家。——编者

参加第二次世界大战之国家（一）

国家名称	与何国处于战争状态	参战日期
澳洲	德国	1939年9月3日
	意大利	1940年6月10日
	芬兰	1941年12月8日
	罗马尼亚	1941年12月8日
	匈牙利	1941年12月8日
	日本	1941年12月8日
比利时	德国	1940年5月10日
	意大利	1940年6月10日
	日本	1941年12月21日
保加利亚	南斯拉夫	1941年4月6日
	希腊	1941年4月24日
	美国	1941年12月13日
	不列颠	1941年12月13日
	南非联邦	1941年12月13日
	捷克斯拉夫	1941年12月16日
	尼加拉瓜	1941年12月20日
	海地	1941年12月24日
巴西	德国	1942年8月22日
	意大利	1942年8月22日
不列颠	德国	1939年9月3日
	意大利	1940年6月10日
	芬兰	1941年12月7日
	匈牙利	1941年12月7日
	罗马尼亚	1941年12月7日
	日本	1941年12月7日
	保加利亚	1941年12月13日
	泰国	1942年1月25日

参加第二次世界大战之国家（表格）

海地	日本	1941年12月8日
	德国	1941年12月12日
	意大利	1941年12月12日
	保加利亚	1941年12月24日
	匈牙利	1941年12月24日
	罗马尼亚	1941年12月24日
匈牙利	南斯拉夫	1941年4月10日
	苏联	1941年6月27日
	不列颠	1941年12月7日
	加拿大	1941年12月7日
	纽西兰	1941年12月7日
	澳洲	1941年12月8日
	南非联邦	1941年12月8日
	美国	1941年12月13日
	捷克斯拉夫	1941年12月16日
	尼加拉瓜	1941年12月20日
	海地	1941年12月24日
危地马拉	日本	1941年12月8日
	德国	1941年12月11日
	意大利	1941年12月11日
德国	波兰	1939年9月1日
	不列颠	1939年9月3日
	法国	1939年9月3日
	澳洲	1939年9月3日
	印度	1939年9月3日

参加第二次世界大战之国家（表格）

国家	日期
纽西兰	1939年9月3日
南非联邦	1939年9月6日
加拿大	1939年9月10日
挪威	1940年4月9日
比利时	1940年5月10日
卢森堡	1940年5月10日
希腊	1941年4月6日
南斯拉夫	1941年4月6日
苏联	1941年6月22日
中国	1941年12月9日
美国	1941年12月11日
哥斯达黎加	1941年12月11日
危地马拉	1941年12月11日
古巴	1941年12月11日
尼加拉瓜	1941年12月11日
多米尼加	1941年12月11日
海地	1941年12月12日
洪都拉斯	1941年12月12日
巴拿马	1941年12月12日
萨尔瓦多	1941年12月12日
捷克斯拉夫	1941年12月16日
荷兰	1940年5月10日
墨西哥	1942年5月22日
巴西	1942年8月22日
伊拉克	1943年1月16日

参加第二次世界大战之国家（二）

国家名称	与何国处于战争状态	参战日期
荷兰	德国	1940年5月10日
	日本	1941年12月8日
	意大利	1941年12月11日
荷印	日本	1941年12月8日
洪都拉斯	日本	1941年12月8日
	德国	1941年12月12日
	意大利	1941年12月12日
希腊	意大利	1940年10月28日
	德国	1941年4月6日
	保加利亚	1941年4月24日
多米尼加	日本	1941年12月8日
	德国	1941年12月11日
	意大利	1941年12月11日
印度	德国	1939年9月3日
	日本	1941年12月12日
伊拉克	德国	1943年1月16日
	意大利	1943年1月16日
	日本	1943年1月16日
意大利	法国	1940年6月10日
	不列颠	1940年6月10日
	加拿大	1940年6月10日
	纽西兰	1940年6月10日
	澳洲	1940年6月10日
	南非联邦	1940年6月10日
	希腊	1940年10月28日
	南斯拉夫	1941年4月6日

参加第二次世界大战之国家（表格）

	苏联	1941年6月22日
	中国	1941年12月9日
	美国	1941年12月11日
	荷兰	1941年12月11日
	哥斯达黎加	1941年12月11日
	危地马拉	1941年12月11日
	古巴	1941年12月11日
	尼加拉瓜	1941年12月11日
	多米尼亚	1941年12月11日
	海地	1941年12月12日
	巴拿马	1941年12月12日
	洪都拉斯	1941年12月12日
	萨尔瓦多	1941年12月12日
	捷克斯拉夫	1941年12月16日
	比利时	1940年6月11日
	墨西哥	1942年5月22日
	巴西	1942年8月22日
	伊拉克	1943年1月16日
加拿大	德国	1939年9月10日
	意大利	1940年12月10日
	芬兰	1941年12月7日
	罗马尼亚	1941年12月7日
	匈牙利	1941年12月7日
	日本	1941年12月7日
中国	日本[①]	1937年7月7日
	德国	1941年12月9日
	意大利	1941年12月9日

[①]中国于1941年12月9日正式向日本宣战。——原文注

参加第二次世界大战之国家（表格）

哥斯达黎加	日本	1941年12月8日
	德国	1941年12月11日
	意大利	1941年12月11日
古巴	日本	1941年12月9日
	德国	1941年12月11日
	意大利	1941年12月11日
卢森堡	德国	1940年5月10日
墨西哥	德国	1942年5月22日
	意大利	1942年5月22日
	日本	1942年5月22日
尼加拉瓜	日本	1941年12月11日
	德国	1941年12月11日
	意大利	1941年12月11日
	保加利亚	1941年12月20日
	匈牙利	1941年12月20日
	罗马尼亚	1941年12月20日
纽西兰	德国	1939年9月3日
	意大利	1940年6月10日
	芬兰	1941年12月7日
	匈牙利	1941年12月7日
	罗马尼亚	1941年12月7日
	日本	1941年12月8日
挪威	德国	1940年4月9日
巴拿马	日本	1941年12月8日
	德国	1941年12月12日
	意大利	1941年12月12日
波兰	德国	1939年9月1日
	日本	1941年12月11日

参加第二次世界大战之国家（三）

国家名称	与何国处于战争状态	参战日期
罗马尼亚	苏联	1941年6月22日
	不列颠	1941年12月7日
	加拿大	1941年12月7日
	纽西兰	1941年12月7日
	澳洲	1941年12月8日
	南非联邦	1941年12月8日
	美国	1941年12月16日
	捷克斯拉夫	1941年12月16日
	尼加拉瓜	1941年12月24日
	海地	1941年12月24日
萨尔瓦多	日本	1941年12月8日
	德国	1941年12月12日
	意大利	1941年12月12日
圣多明哥	日本	1941年12月9日
苏联	德国	1941年6月22日
	意大利	1941年6月22日
	罗马尼亚	1941年6月22日
	芬兰	1941年6月22日
	匈牙利	1941年6月27日
美国	日本	1941年12月7日
	德国	1941年12月11日
	意大利	1941年12月11日
	罗马尼亚	1941年12月12日
	保加利亚	1941年12月13日
	匈牙利	1941年12月13日
泰国	不列颠	1942年1月25日
	美国	1942年1月25日
芬兰	苏联	1941年6月22日
	不列颠	1941年12月7日

参加第二次世界大战之国家（表格）

	加拿大	1941年12月7日
	纽西兰	1941年12月7日
	澳洲	1941年12月8日
	南非联邦	1941年12月8日
	捷克斯拉夫	1941年12月16日
法国	德国	1939年9月3日
	意大利	1940年6月10日
	日本	1941年12月8日
捷克斯拉夫	德国	1941年12月16日
	意大利	1941年12月16日
	日本	1941年12月16日
	芬兰	1941年12月16日
	罗马尼亚	1941年12月16日
	匈牙利	1941年12月16日
	保加利亚	1941年12月11日
南斯拉夫	德国	1941年4月6日
	意大利	1941年4月6日
	保加利亚	1941年4月6日
	匈牙利	1941年4月10日
	日本	1941年12月7日
南非联邦	德国	1939年9月6日
	意大利	1940年6月10日
	芬兰	1941年12月8日
	罗马尼亚	1941年12月8日
	匈牙利	1941年12月8日
	日本	1941年12月8日
	保加利亚	1941年12月13日
日本	美国	1941年12月7日
	不列颠	1941年12月7日
	加拿大	1941年12月7日

参加第二次世界大战之国家（表格）

	南斯拉夫	1941年12月7日
	哥斯达黎加	1941年12月8日
	多米尼亚	1941年12月8日
	危地马拉	1941年12月8日
	海地	1941年12月8日
	萨尔瓦多	1941年12月8日
	巴拿马	1941年12月8日
	荷兰	1941年12月8日
	洪都拉斯	1941年12月8日
	荷印	1941年12月8日
	南非联邦	1941年12月8日
	纽西兰	1941年12月8日
	澳洲	1941年12月8日
	法国	1941年12月8日
	古巴	1941年12月9日
	圣多明哥	1941年12月9日
	中国	1937年7月7日
	尼加拉瓜	1941年12月11日
	印度	1941年12月12日
	波兰②	1941年12月11日
	捷克斯拉夫	1941年12月16日
	比利时	1941年12月20日
	墨西哥	1942年5月22日
	伊拉克	1943年1月16日
玻利维亚	德国	1943年3月1日
	日本	1943年3月1日
	意大利	1943年3月1日
阿比西尼亚	德国	1942年12月14日
	意大利	1942年12月14日
	日本	1942年12月14日

②波兰共和国主席于1941年12月11日对日本宣战。——原文注

意 志

【苏联】V.克特琳斯卡亚 作　张郁廉 译

【原作者简介】

V.克特琳斯卡亚（1906—1976），今译全名薇拉·凯特琳斯卡娅。苏联著名女作家。生于塞瓦斯托波尔一个海军军官家庭。1920年在列宁格勒工厂工作，以苏联工人的生活和新人的成长为主题，开始从事文学创作，在发表了一系列特写与短篇小说后成为专业作家。卫国战争中，她留在了被围困的列宁格勒，为报刊撰写评论和短篇故事。其代表作品有《勇敢》《被围》《我们生活的目的》和《这样生活才有意义》等。新中国成立后，曾多次访华。其文学作品在上世纪五六十年代曾经对中国读者产生过较大影响。　——编者

意志

这件事情发生的时候,正是飞机场上战斗机越来越少但是每天都有很激烈的空战之际。

每个飞行师天天都要飞出许多次,去迎战数量较自己多的敌机,用优越的技术和勇敢来弥补飞机数量上之不足。

有一天,所有的飞行师全部飞回来了,只等阿里叶夫一个人。阿里叶夫还不见回来。航空机械师巴波夫独自个儿忧忧地凝立在旷场上,仰着面孔。他的眼睛一直盯着被白茫茫的云层遮住的天空。他的飞机没有飞回来。

队长走到旷场上,站在被巧妙伪装起来的一排飞机旁边,被他的飞行员们围绕着。

飞行师们沉默着,队长也不说话。队长眼睛里涌出了眼泪,或者这是因为他长久地凝视天空所致?

"十三点零七分了!"不知谁说话了。

他们站着等了半个钟头,阿里叶夫还是没有回来。

巴波夫忽然喊出:

"来了!"

还看不见飞机,但是巴波夫看出了——在白雾中一个窄细的银色的小棍。

"是他!"

队长把头转到一旁,擦了擦眼睛,然后严厉地看了一下表:

"十三点十六分!"

意志

飞机患着奇怪的寒热症。现在,当它随着每一分钟飞近了的时候,可以看到它全身怎样地震动和摇摆着。飞机开始降落,但是,好像很没有把握,一起一伏的,好像要坠落下来,又好像驾驶这架飞机的是一个不熟练的飞行师。

阿里叶夫使飞机平稳地、三点着陆地降落。但,这以后,飞机无力地跳跃了几下,然后倾斜到一旁。这时候,阿里叶夫应该像平常一样从机厢里跳出来,但是,这一次他没有跳出来。

"找医生!"队长发出简短的命令,急忙向飞机跑去。飞行师和机械师们跟在他的后边。巴波夫第一个跑到飞机旁,第一个发觉机翼被枪弹打穿,方向舵碰弯曲了。此刻,他并没有想到飞机的事,但是,就是在他很焦急的时候,还是情不自禁地不能不用专家的眼光扫视一下飞机。他跳上机翼,就在上边呆住了……

半点钟以前,阿里叶夫还在和敌人的三架驱逐机战斗。他只有一点长处——果敢。他以果敢的精神猛烈地攻击敌机,击落了它们中间之一架。法西斯飞机被浓烟和火焰萦绕着,旋转地坠落下去了。

"第五架!"阿里叶夫大声地喊,好像人们可以听见似的。这是他第五次的胜利。一种被战斗所唤起的愉快的陶醉感包围住了阿里叶夫。第六架、第七架敌机正向他扑过来,但是,他对胜利有信心,所以马上迎着它们飞去。

"一架对二架!这已经不坏了,可以交战了!"

意志

"把稳啊!"他放开嗓门喊了一声。

疯狂的激战开始了。阿里叶夫驾驶的飞机忽上忽下地围绕着敌机旋回,子弹像雨点般洒在敌机身上。对方也向他射击。每次当敌机射来的子弹打中机身的时候,他觉得出他的忠实可靠的飞机怎样颠动。以后,他又觉出,好像有什么东西在他的肩膀和左手腕上蜇了一下。一颗子弹碰到方向盘上,另一颗就在脸前啸着飞过,把他的前额刺烫了。他设法避开火网,一次又一次地冲过去迎战。他被胜利的热望占据了。他年青,有信心,他只有向前,不会退后。他没有想到死,他只要活;就是因为他要活,才勇敢地去迎战。这是因为他把他的生命寄寓在胜利中、技术中;表现在他模范地服务于自己的人民和对自己的事业胜任愉快中;他的生命在真理中,在自己的技巧中。他只有二十三岁,他的脑子、他的神经和他的双手无所保留且忠实地供他使用。

"第六架来了!"阿里叶夫把自己的飞机向敌机正面驶去。它们越飞越接近了。阿里叶夫等待着,他的全身都紧张。"它就会忍耐不住的,一会儿就会转向一旁的!"阿里叶夫重复地自语着,压制着自己要躲到一旁的本能的欲望。法西斯蒂首先躲开了。阿里叶夫马上开始用机关枪射击。但,就在这个时候,他看见,毋宁说是觉出,在他背后的第二架敌机。于是,即刻一下剧烈的打击,打在他的肩胛骨上,使得他喊叫了一声,头晕起来了。阿里叶夫咬紧牙根,自我控制力回复了。他看见一架被击伤了的敌机冒着烟飞走了。剩下一架。

"一抗一——这已经是好事情了!"飞行师把飞机向下驶去,要躲开

意志

那紧追在尾后的法西斯蒂。

一颗新的子弹陷入他的颈上,奇痛把他的手从方向盘上拉开。飞机向旁边一斜,坠落下去了。阿里叶夫尽最大的努力来平衡机身。他的口里满了血,血窒息着他。射过来的一排子弹又颠簸起机身,两颗子弹打到阿里叶夫的颈上和手上。现在,他的两只手都受伤了,褐色的血迹印满在方向盘上。但是,战斗还没有结束,敌人还活着。阿里叶夫克服着痛苦,猛然把飞机升了上去。复仇、胜利和生存的欲望,现在牵引着他去作生死的决斗。

当法西斯飞机失去了管制,笨拙地把自己的鼻子插到土里的时候,阿里叶夫清醒过来了。他环视了一下那马上就显得辽阔无际的空旷的天空,他忽然感觉到了他是独自驾驶着一架被击伤了的飞机,在敌人占领区的上空飞行。他身受重伤,流血过多,伤痛和疲倦使他越来越衰弱了,而油箱里只剩下了一点点可怜的油……被他击落的第五和第七架飞机的余烬还在地面上燃烧着,第六架冒着烟飞走了。他自己呢?还有一架受了伤的忠实可靠的飞机,受伤的、流着血的躯体和他的意志,这个空旷辽阔的天空中再也没有什么别的东西了。但是,就在一个并不很远的地方,在东边,是他的祖国;也受了伤的,但有着坚强的意志。把自己和飞机应当设法送回到祖国的土地上——无论如何,无论出多大的代价,也要把飞机送到……

于是,他把飞机向祖国的方向驶去。

飞行的时间,大概并不很长。他十二时整飞出去的,他和敌机遭

意志

遇以前的时间，不过十五分钟，战斗继续了七分钟或十分钟……以天色来判断，时间刚过正午并不很远。但是，阿里叶夫觉得好像过了好几个钟头了。他觉得痛的，并不是颈，也不是背或者手和肩——他全身都痛，好像他全身没有一块健康的地方。他需要用最大的努力来支持自己，使自己坐着，睁开眼睛，看应当看的东西，把握方向盘，并驾驶飞机。

他尽可能地把飞机升得很高，因为那样，假若没有了汽油，还可以滑翔下来。但是，在高空中，他的心脏开始剧烈地跳动，这对他是一件很坏的事情。血向耳根涌，耳朵里嗡嗡地响起来了，使他很痛楚。他觉得特别不好过，他竟不能不把眼睛闭上一会儿，把身体向后一靠。但是，背上的难忍的伤痛使他向前一晃，把胸靠到方向盘上。

"难道我真要死了吗？"——他忽然想起。死的思想对他并不像从前那样奇怪了。这个时候，死在他简直是一种安逸了，是痛苦的解脱，他可以摆脱头晕和嘴里充满黏腻的血的痛苦，他也不用再固执地驾驶这架飞机了。

"不！这是谎话！"他要喊出来，但是，已经喊不出来了。他固执地坐起来，向下望了一望。他看见升起的朵朵白烟和火光，他明白了——这是"火线"——他驾驶着飞机向那躲藏在乳白色云雾下的亲爱的机场飞去。"应当把痛苦忘掉，把思想完全放到驾驶飞机上。"他这样决定了。他的决定好像当真就实现了，痛苦消失了。飞机平稳地向前飞着，只有地面越来越远、越来越模糊了。天空呈现着一种无生命的暗淡的光，而动作呢？——像不是自己的，并且那么缓慢。

阿里叶夫就要失掉知觉了。

地面上发现了飞机。敌人的高射炮阵地马上忙碌地开始动作。爆炸开的白色云朵，在跄跟而行的飞机周围，跳跃起来了。

阿里叶夫一直到他的飞机被炮弹爆炸开的波浪扔到一旁的时候，才发觉敌人在向他射击。他平衡了机身，努力把眼睛盯着前面，开始设法躲避高射炮弹。但是，使眼睛一直睁着，是越来越困难的事了。现在，闭上眼睛，死，是最容易、最简单的。"这就是我所希望的！"阿里叶夫对自己说。这种承认就是死亡。他闭上眼睛，放开了方向盘……一刹那间，他被一种从一切痛苦中解放后的安逸幸福的感觉包围住了。但是，即刻有一个像针样尖锐的思想刺到他的脑子里——飞机呢？飞机还可以活一些时候的，巴波夫把它修补一番，然后它又可以参加战斗了……同志们站在飞机场等他，像他自己从前一样，在最后一架战斗机飞回以前，决不散开，也决不离开广场。

不！无论如何也不成！

他巧妙地机动着，使法西斯蒂们难以瞄准。意志把他残余的一点力量集中在一起，并且对着一个方向——把飞机平安地带过火线，送回家去。炮弹的碎片打到机身上，另一片飞进机厢里，打中阿里叶夫的腿。阿里叶夫冷静地注意到这一块新的伤口。现在任何事情都不能阻碍他了——他一定要把飞机带回去。炮弹的爆炸留在背后了，下面展开的是他亲爱的乡土。

意志

　　飞机又开始摇晃，并且好像就要坠落下去了。阿里叶夫闭上眼睛，又重新睁开，来寻找飞机场。他看见飞机场了，开始降落。
　　阿里叶夫没有一点力气了，他有的是意志。意志战胜了死亡。意志把马达门关上，看好了降落的位置，然后把飞机平稳地，照规矩，三点着陆地降落在机场上。

　　医生在阿里叶夫身上找到十七处伤，其中三处是致命的。
　　"我完全看不懂了！"医生说，"他怎么可能自己飞回来？"
　　但是，他的同志们懂。他们脱下航空军帽，沉默了几分钟……

译自1941年12月8日苏联《真理报》
原载于1945年文光书店印行的"苏联文学丛书"之《蓝围巾》

意志

"苏联文学丛书"之《蓝围巾》（文光书店1945年印行）

老 夫 子

【苏联】K.费恩 作　张郁廉 译

【原作者简介】

　　K.费恩(1904—1975)，亦译芬恩，今译全名康斯坦丁·费恩。苏联著名小说家、剧作家和词作家。出生于莫斯科。1926年起开始撰写并发表文章。其主要文学作品有《我的朋友》(1930)、《第三档》(1930)、《郊外》(1932)、《伟大时光》(1933)、《边区》(1933)、《一个小学教师》(1937)、《柏林的钥匙》(1939)、《在祖国的土地上》(1940)等。卫国战争期间，曾任《消息报》战地记者。其一生还创作了40多个舞台剧本，多为深入探讨如何面对现实生活及行为道德抉择的作品。　——编者

老夫子

为了调整战线,红军队伍暂时放弃了小城V,这里的居民也离开了。退走的路线要经过一处密林。他们走了几个钟头以后,停下来稍作休息。就在这时,忽然有一个人惊慌地问道:

"西蒙老夫子,在哪里呢?"

大家开始寻找。休息着的人群中找遍了,树林各处也去寻找过,并且大声地呼喊:

"西蒙!您在这里吗,西蒙?"

但是,什么地方也没有找到西蒙·伊万诺维赤。

回到各自的原位,大家沉默了。一会儿,有个人说:

"你们想要找什么呢?一个旧式人物……"

西蒙,老夫子,鲁宾佐夫从沉梦中醒来,街道上异常喧嚷的声音使他很奇怪。他从床上跳起来,跑到窗边,街道上——充斥着德国兵。西蒙,被极端忧郁的情绪包围了。到底发生了些什么事情?他怎么竟会酣睡未醒呢?

门,被剧烈地一击,向里边敲开了,几个德国兵挤进屋子里。西蒙,躲到屋角。德国兵并没有理会,径直向衣柜扑去。他们对骂着,彼此抢夺着西蒙的裤子、衣服和衬衫,很快地就把衣柜里的东西抢光了。所有的东西,只要有一点价值,德国兵全都装到布袋子里或者衣兜里,其中有一个从厨房里拖出一些锅子和汤匙。

抢夺完毕,一个身材不高的小兵走到西蒙面前……事后,西蒙对

于当时所发生的情形,有下列描述:

"一个年青人,差不多是个孩子,面孔凶恶,迟钝,眼睛眯缝着,可是一脸受了惊的表情。"

德国兵集中力量和注意力,挥拳重重地打到西蒙的脸上。

"我是教师。"西蒙用德语抗议。

"俄国人没有教师!"小兵说完这句话以后,又打了一下西蒙的脸。

另外一个德国兵,年纪也很轻,又胖又粗,哈哈大笑了起来,把小兵推开,然后把手臂慢慢地伸展开,用力一击。西蒙受了这一击就倒在地板上了。

西蒙差不多不记得以后发生的事了。他醒过来的时候,发现自己躺在一个大屋子里,圆形饭桌后面坐着一个德国军官,小兵正向军官不知报告着什么。

西蒙在这个小城里已住了许多年,他不但对这个小城中的每一条街道、每一所房屋和小城周围十公里以内的情形都熟悉,就是对这个小城里的每一间屋子也很清楚。这一间屋子是属于会计伊万佐夫的。

"你会讲德国话吗?"军官用德语问西蒙。

"会,"西蒙回答,"我是教师,我教小孩的。"

"你的职业,"军官继续说,"对你已经没有用处了。你现在暂时做我们的翻译员,以后我再来决定你的命运。现在先出去吧。"

西蒙走到街上,走了几步,觉得头晕,两腿无力,脸部痛得很厉害。街上空空无人。西蒙蹒跚地走到街的拐角,脸部越来越痛得厉害。西蒙用手帕擦了一下脸,手帕上染满了血渍。

就在这道街拐角处的大厦里曾经有个医院,西蒙走进长满了灌木的院子里。一个身材高大的、中年的医生,迎着他走来。

"怎么了?"医生问。

"不好!"西蒙说。

"您受了伤吗?"

"挨了毒打。"

"我来给你洗净伤口,包扎好。我留在这里没有走,医生不能把重伤的弟兄们留下不管。你就躺到那边树丛里,那里阴凉。我就来,把东西拿来。"

西蒙躺下了,医生急急忙忙地向着屋子跑过去。就在这个时候,一个德国军官和二十来个德国兵走进院子里。

"站住!"军官喊道。

"这里是医院!"医生很吃力地用德语说,"这里住着受伤的军人。"

"你是医生吗?"军官问。

"是。"

"治哪种病?"

"我是内科医生。"医生回答。

"扯谎!你是治眼睛的。不知道为什么,俄国有这么许多眼科医生。"

站在军官旁边的德国兵跑过去,用力把医生的一只眼睛挖了出来。

医生倒下了。

"永远不要留一只眼睛！"军官严厉地对士兵说，"万一它能看见东西呢？"

德国兵就把医生的第二只眼睛也挖出来了。

他们把受伤的人全部赶到院子里。那些不能动的，也被他们拖过来了。屠杀开始了，他们用刺刀和刀子杀害那些重伤的人。

"留下五个人在这里，照命令行动！"军官说完以后，向大门去了。

西蒙在树丛里躺了一整天。天黑了的时候，他悄悄地进入医院里。在一间大的病房里，有一些重伤的人躺在狭窄的病床上。西蒙在一个空床上躺下了，用被把头遮起，一声也不敢出。

"渴！渴！"不知谁用低弱的声音说。

德国兵走到他的身旁。

"没有喝的，Forbidden（意为禁止——编者）！这是命令。"

这一夜，从每个方向都有人不断地发出低弱的哀求声：

"渴！"

每一次，德国兵都会走过去，"温柔"地说：

"没有喝的，Forbidden！这是命令。"

天明以前，一个受伤的年青战士下了床，爬行到门口。那里立着一个盛着水的缸，链子上挂着一个碗，受伤者伸手取了碗。德国兵站在过道里很"安详"地看着这位战士的每个举动，一直到受伤者把缸上的龙头打开了，水流到碗里，德国兵才慢慢地走近，把龙头关好，然后把受伤者用枪打死。

白天天气更热了，从开着的窗户飞进了许多苍蝇，落在死尸上。又有一个受伤者从床上下来，爬到水缸边。德国兵又是很安静地把爬过来的受伤者打死了，把碗里的水喝了，把碗底剩下的水洒到躺着伤兵的床上。

傍晚，这个水缸的旁边，躺着四个被打死的战士。

天完全黑的时候，西蒙从床上爬下来，悄悄地向门走去。他平安地出了门，走到街上，街道上一个人也没有。西蒙回到自己的家里。他知道，园丁屋子里有一柄斧头，斧头就放在过道里。西蒙拿了斧头，往街上走。走过自己屋子的时候，他站住了，凝立不动。过了几分钟，有脚步声走来。德国军官走到和西蒙并排的时候，西蒙就用斧头劈过去。军官倒下了，哼了一声。西蒙继续往前走。脚步声，两个人的，还有德语谈话声。这两个人已经走近西蒙的身旁了，他忙把斧头一挥，一个德国兵倒在西蒙脚下，另一个跑了，一边跑，一边大声喊叫。

西蒙向另外一个方向跑去，有人在背后向他开了一枪，还有追赶他的脚步声；又开了一枪，西蒙向一个小胡同里一拐，再过几分钟，就可以跑到田里，田那边就是树林。枪弹啸叫着从他的头顶飞过，他差不多已跑到树林里了。就在这个时候，他觉出他的肩膀剧烈作痛，他倒下了。有脚步声，几个德国兵跑过去了。

西蒙忍着胸部的剧痛，向树林爬去。在树林里，他躺到天明。天亮的时候，他被红军战士发觉了。小城V就是被这些红军战士们收复的。

他被送到医院里。这个小城里的居民每天都到医院里探望他几次。

"我教了一辈子孩子,"西蒙·伊万诺维赤对来看他的一个人说,"我现在正在考虑,我教他们教得对不对呢?是不是把应当教的,都教了?从今以后,我会教他们教得更好些,因为我自己又知道了许多事情。"

他在医院里又住了两天。全城里的居民都参加了他的葬仪,他被埋葬在市公墓里。小城里的居民,家家户户每天都怀念他:一个高大、清瘦的老人,教师西蒙·伊万诺维赤;一个沉默寡言恭谨的人,永远生存在人们的心中。

在这个小城市中,人们永远不会忘记他,不会忘记被人称作旧式人物的人。

译自1941年8月19日苏联《消息报》
原载于1945年文光书店印行的"苏联文学丛书"之《蓝围巾》

张郁廉抗战影像

张郁廉1938年10月摄于湘鄂前线采访途中
（原照捐赠中国国家博物馆）

佐雅（左）与养母瓦娃
(1931年于哈尔滨)

2岁时，因生母去世，张郁廉被托付给俄国中东铁路驻华的一对工程师夫妇收养，取俄国名"佐雅"，因此俄文娴熟；养母瓦娃执意"佐雅是中国人，必须受中国教育"，张郁廉也因此没有丢弃母语。21年后，张郁廉得以凭借出色的双语能力被苏联塔斯社驻汉口分社录用，即得益于养母瓦娃当年的见识。

佐雅（右）与养母瓦娃
(1932年于哈尔滨)

燕大校园留影（1934年冬于北平）　　　　　　1943年毕业于燕京大学（成都复校）

1939年夏摄于苏联塔斯社
重庆分社
（原照捐赠中国国家博物馆）

1938年11月赴湘鄂前线采访途中，生火取暖
（原照捐赠中国国家博物馆）

审俘中途，躲避空袭（1938年11月于长沙）

骑马转地采访（1938年11月于湖南）

卡尔曼与张郁廉在采访途中（1938年11月于湖南前线）

1939年7月，卡尔曼（站立者）在记者会上讲述前线见闻，张郁廉（左一）任翻译

1938年11月，张郁廉（骑马背影）行进在湖南前线

附 录

白云飞渡情悠悠

——关于张郁廉在塔斯社时期的几个考证

杜南发

上世纪90年代的一天,雕塑家孙宇立来电,约我到他的苏菲亚山工作室。

苏菲亚山是座闹市里的小丘,斜坡路尽头是二战前创办的南洋美专,他的工作室就在中间路段。

孙宇立是专业建筑师,原任职于华盛顿世界银行总部,回新加坡创业,为了兴趣,毅然决定放弃建筑专业,一心从事雕塑。80年代,我们认识,成为好友。

他曾告诉我,他母亲是我同行先辈,为中国早期第一位战地女记者;那天约我,是因为老人家刚到新加坡,希望能和我见面。

一进门,便见一位穿着朴素、相貌慈祥的老太太,气质优雅,端庄有度,当然就是孙妈妈张郁廉女士了。这年她已80多岁,依然走得快而挺直,握手有力,言谈爽朗,充满自信。

喝茶聊天,她对新加坡的新闻工作情况很感兴趣,也聊了自己早年抗战见闻,尤其是战场经历。热带午后,在南方国度,安静的室内,听着报业前辈淡淡述说半世纪前自己惊心动魄的战场故事,感受良深。

"中国首位战地女记者"之称

一晃20多年过去，孙宇立已是新加坡重要雕塑名家。一天，他告诉我，他母亲2010年过世前留有一部手稿，原是准备写给儿孙们阅读的自传，他觉得有些内容我可能会感兴趣。

连夜拜读，一口气读完，感觉亲身经历了一个大时代的激荡，心情起伏，一时难息。

阅读这份文稿，我最感兴趣的是关于"中国第一位战地女记者"的问题。

"中国新闻史上第一位采访战地新闻的女记者"，这是抗战时期全国新闻联合会主席萧同兹对张郁廉的称誉和肯定。

抗战前期的徐州会战，是中国新闻史上首次有中国女记者出现在战场；张郁廉便因当年亲赴采访而获得这项殊荣。

徐州会战指1938年1月至6月间，中日两国军队以徐州为中心展开的一系列激战，是中国抗日战争中的一次重要会战。双方共出动80万大军，连战数月，伤亡逾12万人。最后虽以中方撤守徐州结束，但其间爆发著名的台儿庄大战，日军在一次战役中伤亡逾万人，是中国抗战正面战场的第一场大胜利，对鼓舞中国军民抗战士气影响很大。

据张郁廉记述，1938年3月，她受塔斯社社长罗果夫委派，与苏联塔斯社总社派来的军事记者前往徐州战区采访，她所住的花园饭店，就遭日本军机多次直接轰炸。

她也记述在战火中搭军车前往徐州城外五六十公里处的台儿庄前线采访前线指挥部。当时,周围枪声不断,炮声轰隆。旅长覃异之少将对她说"你是到最前线我旅部的第一位女记者",还送她一把德制勃朗宁小手枪自卫。

据查考,这位覃异之旅长,黄埔二期生,早期曾加入中国共产党,当时率领的是第52军25师第73旅,为台儿庄会战主力攻击部队。抗战后,覃异之还曾在东北和张郁廉相遇。那时,他已升任第52军军长。1949年,他在香港通电起义。回北京后,曾任水电部参事室主任、国防委员会委员、北京市人大常委会副主任等职。

但我发现,当年在徐州战场上,除了张郁廉,还有另一位战地女记者,而且和新加坡有关!

她就是《星洲日报》特派记者黄薇。

黄薇是福建龙岩人,厦门集美学校和女子师范学校毕业;因兄长移民新加坡,曾到新加坡探亲,后考入日本明治大学。抗战开始,她和许多留日学生一起回国,组团到新加坡等南洋各地宣传抗战。1938年3月,以《星洲日报》特派记者身份回中国,有"华侨记者"之称。

当时《星洲日报》总编辑为关楚璞,兼任主笔,经常撰文支持抗战,立场鲜明;或许因此决定特聘黄薇为特派记者,回国采访当时读者最关心的抗战新闻。

回国一个月后,1938年4月,黄薇便以新加坡《星洲日报》特派记者身份,参加武汉新闻界组织的记者团,前往徐州抗战前线采访,是武汉战地记者团中唯一的女性(新中国成立前后,黄薇曾任新华社香港分社总编辑、中共中央对外联络部处长等职)。

虽然徐州战场上同时有两位战地女记者,分别随苏联战地记者团及武汉战地记者团行动,但考虑到张郁廉1938年3月中旬已经到了徐州,黄薇则是3月才从新加坡回国,4月方到徐州,时间相差一个月,因此,称张郁廉是"中国新闻史上第一位采访战地新闻的女记者",是合理的。

她们两人还有一段因缘。当年记者们在徐州突围时各有惊险经历,张郁廉就走了21天才穿越日军封锁线回到武汉。徐州会战结束一个月后,生活书店(汉口)曾收集有关报道,出版《徐州突围》一书,由黄薇写序,书里就收录有张郁廉写的《徐州最后的一瞥》。

虽然中国战地女记者首次出现在战场上,是1938年的徐州会战,但在更早的一年前,就已有一位女性活跃在1937年8月爆发的淞沪会战的战场,在上海周围战区活动,写了许多战场通讯和文艺作品。

她就是传奇性的女作家胡兰畦。

胡兰畦的经历十分传奇,她曾以时尚俏女郎的形象登上过《良友》画报的封面,曾留学德国,坐过纳粹德国的监狱,是民国时期被授予少将军衔的少数女性之一,曾作为中国作家代表出席过苏联第一次作家代表大会,备受苏联大文豪高尔基赏识。

但当年在淞沪战地上活动的胡兰畦,并非记者身份,而是率战地服务团进行宣传教育工作和战地救护工作,其战场通讯也多与著名战地记者范长江合写,因此从严格定义而言,并不能算是首位战地女记者。

当然,所谓"首位战地女记者"之称,只是一个记录问题,重要的是,这些新时代的中国女性知识分子,在国家危难时,不顾自身安危,亲赴战场,各自挥笔对抗战做出贡献,这才是真正的意义。

在日本国会图书馆资料室,有一本绪方昇著作,1941年由东京日日新闻社出版。书中第一部分就有一篇文章,题为《9位投身抗战的女记者》,第一位就是塔斯社张郁廉,其他依次为路透社赵敏淑、《星洲日报》黄薇、《中央日报》封禾子、《大公报》彭子冈、《新民报》浦熙修、《时事新报》冯若斯和熊岳南、《新蜀报》张志渊。

熟悉中国的绪方昇这本介绍抗战中国的书,第一章就特别专门介绍这9位中国女记者,虽然或许不够齐全,但至少说明当时在日本方面的情报记录里,张郁廉是名列第一的抗战女记者。

延安采访的时间考

张郁廉自述稿另一个有意思的记述,是她陪同苏联著名摄影记者卡尔曼访问抗战时的延安所见的情景:

"我们被安排到招待所去住宿,是一座面积不小的窑洞,抗日大学就在招待所山脚下的一大片空地上,校舍新搭成的……每晨天初亮时,就听到抗大学生在操场上洪亮的歌声。

"我没有机会采访毛泽东,但在一场露天演讲会上曾和他握过手,并坐在众多人群中听他讲话。"

但文稿并没有记录她是哪一年到延安的。

幸亏有一篇文章《前苏联摄影师罗曼·卡尔曼的红色延安行》(作者王国宇,刊《档案天地》2013年12期),记录这位专门到延安拍摄电影的苏联《消息报》摄影记者的活动。文中一段文字称:"1939年5月18日,他提出要访问八路军军医院。这所医院地处延安城东北40里处的拐峁。陪同他参观的有萧三、专职女翻译张郁廉、鲁艺政治部主任徐一新三人。"

这段记录,证明张郁廉是陪同卡尔曼访问延安的。

另一篇文章《罗曼·卡尔曼:在延安的日子里》(作者石磊,载《中国档案报》总第2511期,2013年9月19日),更清楚地记录了卡尔曼在1939年5月14日到延安,6月3日离开。毛泽东当年许多珍贵照片及影片,如和农民讲话、在窑洞工作、在抗日军政大学演讲等镜头,都是他此行所拍摄的。他写的《毛泽东会见记》一文,7月8日在苏联《消息报》发表,8月28日《新华日报》翻译转载。

在张郁廉生前保留的文件中,就有一封卡尔曼1941年从苏联写给她的信,叙述两人因采访建立的友谊。另有他们两人同在湘南地区及长沙大火现场的照片,证明张郁廉还曾经陪同卡尔曼到中国各战区采访。

张郁廉在延安没有访问毛泽东,但5月25日毛泽东在杨家岭接受卡尔曼采访,从晚上9时谈到深夜12时。访问现场只有三人,翻译不是张郁廉,而是毛泽东年轻时的同乡朋友萧三。萧三担任左联驻莫斯科代表12年,当时刚从苏联回到延安才十来天,在莫斯科就认识卡尔曼。

有关文章提到,1939年6月1日,卡尔曼在杨家岭给毛泽东照相,并拍摄题为《毛泽东的工作一日》的纪录片,现场也是由萧三担任翻译。当天下午,毛泽东与卡尔曼驱车到南门外的抗大,参加该校建校三周年庆祝会。

张郁廉说她在一场露天演讲会上和毛泽东握过手,并坐在众多人群中听他讲话,应该就是1939年6月1日这天的事。

与韩素音、萧红的友谊

这部十余万字的文稿,还记录了许多精彩有趣的文史人物故事,例如周光瑚。

周光瑚的笔名是"韩素英"(又译"韩素音")。

周光瑚(以下称"韩素音"),中国、比利时混血儿,是张郁廉在燕京大学经常来往的同学好友之一。抗战时,她以笔名写了一本自传体小说《瑰宝》,被好莱坞拍成电影《生死恋》,获得三项奥斯卡奖,轰动一时。

张郁廉和韩素音抗战时都在重庆。1944年张郁廉结婚,婚礼上所穿枣红色旗袍的布料、鸡皮灰蓝色鞋等物,都是那一年刚到英国留学的韩素音托人带回来送给她的。据孙宇立称,50年代以后,张韩两人还继续通信,那套婚服也保留在家中衣橱多年。

但张韩两人,当时并不知道她们还有一段二代因缘。原来,韩素音50年代初到马来亚,在柔佛新山开设光瑚药房(诊所),住在距药房五分钟步程的一栋单层大宅。她家斜对面有一户郭家,韩素音是郭家的家庭医生。她从小看护的郭家千金郭日丽,后来留学美国,在华盛顿世界银行邂逅孙宇立。两人一见钟情,并蒂连理,郭日丽成为孙太太,也就是张郁廉的媳妇,延续前缘,再成一段佳话。

除了自述文稿,张郁廉还留下许多旧照片和信件,可以补充一些有意思的故事。我就在其中发现了一张她和著名作家萧红的合影!

虽然,张郁廉和萧红、萧军、端木蕻良等39人一起被《大公报》列为"东北作家群"(1940年9月《大公报·九一八纪念特刊》),但在她的这部文稿中,并未见到有关萧红的记述。

据我查考,张萧二人早期生活行迹并无太多交集。1938年12月22日,萧红曾在塔斯社重庆分社接受苏联记者(社长)罗果夫的采访,当时张郁廉就在塔斯社负责翻译和采访。两人见面及拍照,最有可能就是在这时候,但没有照片佐证,只能揣测空想。

一天下午,孙宇立和我一起查阅旧照片,突然发现一张略有折痕的老照片,正是张郁廉和萧红的合照!

照片是在一幢石块砌成的两层洋式楼房前拍的,楼房就是位于重庆枣子岚垭的塔斯社办事处,证明我原先推断,两人果然是在萧红接受访问这一天见面合照的。

这张照片,还有一个特别意义。

据萧红生平记录，她是在这一年（1938年）9月中旬怀着七八个月身孕从武汉来到重庆，不久就到郊外江津的白沙镇，投靠东北作家友人白朗、罗烽夫妇待产，11月下旬在江津产子。孩子夭折后，萧红12月初就离开江津返回重庆。

12月22日，萧红到塔斯社接受访问并拍下这张合照的这一天，正是她产子满月刚过的时候，所以她在照片中的神色显得浮肿憔悴，还要张郁廉在一旁略微扶助。

这张照片，最早出现于葛浩文著《萧红评传》（台湾时报出版社1980年6月版），但书中只是简单说明"萧红与其哈尔滨女中同学（1939年摄于重庆）"。

后来，北方文艺出版社《萧红评传》（1985年版）沿用这张照片，说明改为"萧红与中学同学"。日本学者平石淑子《萧红作品集研究资料科目录》（日本汲古书院2003年版）也收录了这张照片，但说明亦语焉不详。

后来，哈尔滨萧红研究会副会长章海宁访问萧红故居纪念馆得知，这位女子叫张玉莲，身份及拍摄背景皆不清楚。2009年以后出版的几本萧红传记选用这张照片时，才开始注明此女子叫张玉莲，并延伸出照片摄于1940年萧红赴港前的说法。

凡此种种，不一而足，但说明文字均不准确。

在张老太太珍藏的许多旧照片里，我重新发现这件保存逾半个世纪的原件，证明张玉莲就是张郁廉，并厘清了她的身份及与萧红上下班级的同学关系。

白云飞渡情悠悠

燕大好友周光瑚（韩素音）

与中学同学萧红（右）相逢于塔斯社重庆分社
（1938年12月22日）

白云飞渡情悠悠

　　手稿中有一段话,应该最能说明张郁廉抗战时的心情和心意:

　　"多年来,我所看到的、听到的、亲身经历的都是妻离子散或生离死别的人间大悲剧,而这些都是日本惨无人道的侵略战争所造成!这血海仇恨永烙我心,中华儿女又岂敢稍忘?!"

　　简单几句话,凝刻着无数血泪的烙印!

摘编自广东人民出版社《白云飞渡——中国首位战地女记者张郁廉传奇》

(作者系新加坡著名诗人、作家、资深报人、现代孔子思想基金会主席)

编后记

我与《抗战文存》的不解之缘

左中仪

一

2023年盛夏某日,我收到新加坡著名雕塑家孙宇立先生发来的微信,提到他的母亲、被誉为"中国第一位战地女记者"的张郁廉前辈生前曾经写过不少抗战新闻作品,问我是否可以收集整理,汇编成册。我当即回复:当然可以,完全应当。

但是,问题来了。时隔80多年,这些新闻作品其实并未留存,多已散佚不见,包括宇立兄本人也没见过,该去哪里寻找呢?他之所以找我,看重的,无非是我对抗战史的那一份痴迷,收集史料有一点自己的心得。

有关我与宇立兄的交谊,说来话长。

2017年4月初,我受邀出席山东省枣庄市举办的"台儿庄大战胜利79周年"纪念活动,也因此结识了不少当年参战人员的后代,包括来自新加坡的孙宇立先生。会后不久,我即收到孙宇立先生赠予的其母亲张郁廉的自传体回忆录《白云飞渡——中国首位战地女记者张郁廉传奇》（以下简称《白云飞渡》）一书，并由此得知，在1938年三四月间的台儿庄大战中，作为苏联塔斯社驻汉口分社记者兼翻译的张郁廉，不避时艰，不畏战火，亲临前线采访，写下了多篇直面战况的现场报道，被当时的新闻业同人誉为"中国首位战地女记者"。

而我，能够参加台儿庄大战胜利纪念活动，乃因兼具了"双重身份"。一是沾我夫人的光，因为她的外祖父陈绍法，黄埔四期生，时任第二集团军少将高参，该部在孙连仲将军的指挥下，坚守台儿庄一线，与日军第10师团鏖战15个昼夜，终于取得大战的胜利；二是自己多年来倾力于抗战史的研究，有幸成为"台儿庄大战历史研究会"的一员。

沾姻亲之光也罢，偏爱抗战风云也罢，总之，我之所以能与这部《抗战文存》邂逅，缘于80多年前的台儿庄大战。

让我心跳的是，家母钱琴官与张郁廉先生，竟然在若干个生命节点上，有着惊人的相"同"之处：同岁，同为幼年失怙，同在一所大学校园读书，同以抗日救亡为己任，同享鲐背高寿，等等。家母和张先生同生于1914年。家母是江苏省武进县南夏墅人，1934年毕业于常州市武进县女子高等师范学校，在当地小学任教员、校长。抗战全面爆发，常州沦陷。1942年春，因组织抵制推行日文奴化教育的行动，遭日本宪兵逮捕。取保获释后，与三位同学连夜逃跑，步行两千多公里，历时三月，抵达大后方重庆。当时，正值炎热盛夏，家母在朝天门码头刚下船时，突遭日机轰炸，丢失全部随身行李，后在同乡的帮助下，就任重庆第十兵工厂子弟小学校长。不久，报考已内迁至成都华西坝的金陵女大,成为预录生,应当和张先生同在华西协合大学校园。家母1947年从金陵女大历史系毕业,后终身从事教育工作。2010年和2011年,张先生和家母先后离世,同享高寿。

二

在宇立兄的盛邀之下,我答应参与为其母张郁廉编辑文存的工作。2023年8月,项目正式启动,目标是将其母当年撰写的抗战文献逐篇搜集,辑录成书,适时出版。没错,据《白云飞渡》记载,老人家在抗战时期曾发表过不少文章,我在既往的历史研究中也曾见到过一些。但是,毕竟年代久远,其作发表,距今已有80多年之久,而且散布于当时的各种报刊、书籍,几经变迁,这些原载报刊是不是还在、能不能都找到,还是一个谜;而解谜的难度之大,当时还难以预测,很可能旷日持久。因此,我对于能否完成此任,并无十足把握。即便如此,我还是义无反顾地应承了下来,个中原因毋庸赘言。

AI时代,依靠大数据查找过往文献应当是首选。我首先登录几家国内著名的学术检索平台,以"张郁廉"为关键词进行查询,发现有14篇文作之多。遗憾的是,因账号等级所限,只能看到文章的标题,而看不到实际的内容。

我有一位文史创作的"搭档"——南京某医院的王重阳君。我俩都是杏林中人,因共同的兴趣爱好而结为忘年之交,经常在一起合作撰写文史类文章。王君得知后，主动承揽了查找资料的重任。他用升级版的账号从相关平台上找到12篇原文，另外的2篇文章因是收入在苏联短篇小说集《蓝围巾》之中，资料库中并无原文。其后，我从某旧书网站发现有此书出售，便立即下单购买。当我拿到此书时大失所望，书页不仅虫蚀严重难以辨认，有关章节竟然还缺少了数页纸。恰巧，正在上夜班的王君来电告知，南京某图书馆内可能有初版的《蓝围巾》一书。果不其然，次日，王君就找到了此书，14篇文作的原文全部收齐。

  以后，王君又陆续从国内外多家数据库寻觅、发现了数篇文献（其中有3篇是根据一些线索采用标题检索获得），再加上宇立兄提供的1篇，当时能找到的张先生原作终于汇总到了我的案头，从而有了结集成书的基础。

  下一步就是要将这些文献转录成电子文档。本来，利用软件进行转录是一条捷径，但试验下来并不成功。究其原因，是由于当年使用的是繁体字，加上年代久远文字清晰度不够，以及上世纪三四十年代所用的词语、语法与当今也不尽相同，电脑的智能化程度还不足以化解上述难题，形成的文本错讹百出。为慎重起见，我决定直接手工抄录。

  作为上世纪50年代初生人，我与繁体字毕竟尚存一面之缘，辨识不算太难，但这些80多年前的报刊中，有相当部分的字迹不在其繁，而在其模糊不清，真真让人难以辨认。于是，我借助放大镜、手机照相、电脑放大、词语推测等办法，尽量原汁原味地将张先生当年的原文拷贝下来。其间的无奈与冗繁，对我之秉性习惯，实在是一次严峻的考验。历经月余，才总算完成了此事。当我合上电脑的一刹那间,欣慰之感喷涌而出,仿佛是替家母完成了一件张先生所托付的事情,内心之感慨,难以言表。

遗憾的是,张先生当年在燕京大学校刊上所发表的、译自俄国著名诗人普希金的作品却遍寻无着。据一位研究燕京大学史的学者解释,当年燕京大学学术氛围甚浓,每个系都办有三四种系刊,甚至有学生自费办刊,然而1941年12月珍珠港事件后,燕京大学被侵华日军强行查封,损失惨重,大量图书报刊丢失,抗战初期的校刊现存量极少,难以查找。故此,我们的探幽索隐只能暂时搁置,期待有新的线索甚或奇迹发生。

历时年余,倾注大量心力寻找和抄录,结果尚算圆满,《张郁廉抗战文存》终于初步成形。

三

有一则逸闻,在《白云飞渡》中,不知因何被张先生有意无意地忽略了。在我,则念兹在兹,颇有遗珠弃璧之憾,故在此补叙一二。

从《白云飞渡》中得知,1938年10月起,张先生曾作为翻译兼记者陪同苏联著名摄影记者卡尔曼前往中国各抗战前线采访,也去过延安,见过毛泽东等中共领导人,见证了陕甘宁边区朝气蓬勃的景象。于是,我便以"卡尔曼在华一年"为结构框架,写下了《苏联记者卡尔曼的延安之旅》一文。文章发表后,获得好评。

值得一提的是，我在为撰写此文查找资料时意外地发现，在张先生陪同卡尔曼去延安的途中，曾经发生过一个十分感人的故事（见《少妇过瑛》，沙陆墟著），于是便将其录入了拙文。在此，将相关片段转摘如下：

1939年5月，卡尔曼获准去延安采访。卡尔曼一行从重庆启程抵达西安，在与七贤庄八路军西安办事处联系后，准备不日前往延安。

这一天，"八办"秘书长严朴前来卡尔曼下榻处造访。严朴，1925年加入中国共产党，后出席在莫斯科召开的中共六大，曾任中央苏区经济部副部长等职。

严朴前来，是想请卡尔曼帮忙将自己的小女儿带去延安。原来，严朴自1931年身份暴露，离开家乡前往苏区，与家人离别已有八年之久。数月前，经组织安排，廖承志、李克农等将严朴夫人过瑛及三个女儿从无锡接出，经上海、香港、株洲、重庆、成都，刚抵达西安，欲前去延安。西安到延安途中有国民党所设检查站，对过往人员严加盘查。过瑛与两个年龄稍大的女儿可以装扮成"八办"工作人员过关，唯独7岁的小女儿无法成行。

严朴建议把自己的小女儿说成是卡尔曼的女儿。卡尔曼从翻译张郁廉口中得知此情，颇感为难。他连连摇头说："涅，涅，涅特（俄语：不行）！"张郁廉解释说："卡尔曼先生的意思是指相貌成问题。我看，不如就说我和卡尔曼先生是夫妻，这是我俩的孩子。"严朴一听，连说："好啊！"卡尔曼也竖起大拇指说道："哦亲哈拉索（俄语：很好）！"

5月14日晨,由"八办"一位工作人员陪同带路,卡尔曼借机支走重庆派来的王参谋,与张郁廉、严朴小女儿同乘一辆由天水行营派发的小汽车,向延安进发。

小汽车行至检查站时,一名军官挥手拦停。当其检查完各人的证件后,目光移到小女孩身上。张郁廉抢先说道:"卡尔曼先生是受苏联政府和国民政府所托,去延安拍摄抗战电影。我是他的妻子,这是我俩的女儿。你看她长得是像我,还是像我先生?要不要去化验个血,查一下?"严朴的小女儿,大眼睛,皮肤白皙,也确有几分像"洋娃娃"。那军官向车内瞄了一眼,说道:"我看既像卡尔曼先生,又像您张先生,是个'混血儿'。"说完,手一挥,放行!

黄昏前,严朴及家人所乘的汽车也抵达延安。在卡尔曼下榻的南门外交际科,张郁廉提议:"一家人合张影留作纪念吧。"于是,卡尔曼操起相机,"咔嚓"一声,这张唯独缺了严朴长女严慰冰(因其在抗大4期毕业后随前线考察团去了山西,后为陆定一夫人)的"全家福"给定格下来……

此段叙述,来自严朴女儿们的回忆录,而《白云飞渡》中却没有任何相关记载。究其原因,或许张先生认为这仅是一件区区小事,不足挂齿,早已有意无意地置之脑后,以致淡忘。而严家姐妹却将此善举铭记于心,感恩戴德,终生不忘。

还有一段值得记取的"抗战缘",亦补记于此。

张先生与在燕京读大一时的同学景荷荪，两人可谓亲如手足。1935年，景荷荪与留法学生、时任南京炮校教官的谢承瑞谈恋爱，故转学去了南京金陵女大，后因两人结婚而退学。在1937年抗击日寇的南京保卫战中，时任中央教导总队上校团长的谢承瑞壮烈殉国，留下一女名谢尊一。景荷荪后去成都金陵女大复读，毕业后留校任教，也就成了家母的校友和老师。

张先生在《白云飞渡》中多次讲到她与景荷荪水乳相融的友情，令人唏嘘不已。遗憾的是，后来两人失去联系。张先生曾多方打听，但始终没有好友的任何音讯，成为终身憾事。后来，我从家母留下的上世纪70年代末编写的金陵女大校友通讯录中，查找到景荷荪的下落。原来，景荷荪一直生活在湖北，退休前曾在武汉市科委工作，较早去世。我立即将此信息告知宇立兄，也算是了却了张先生生前的一个宿愿。

查找谢尊一的下落颇有些戏剧性。2018年5月，我在《钟山风雨》杂志上发表了一篇文章。巧的是，同期杂志上恰好另有一篇有关抗战的文章。该文作者提及，他前不久曾与谢尊一见过面，得知其父谢承瑞同被海峡两岸追认为抗日英烈之事。鉴于此，我立即托该杂志编辑部与此文作者取得联系。几番努力后，终使宇立兄找到了远在西安的谢尊一教授。

白云已然飞过，渡痕长留人间。

可以断言，张先生的抗战文献还有不少埋于尘烟，未被发现。而我，则将继续查找视为己任！或许，我与《抗战文存》之间的故事还将继续下去……

2024年5月25日改定

（作者系江苏省建筑公司职工医院原院长、文史研究者）

编后记

一位战地女记者笔下的抗战史

姜龙飞

一

承蒙老友左中仪先生邀请,2024年5月初,我加入到《在前线——张郁廉抗战文存》一书的编辑工作中。口头约定的第二天,我就收到了中仪兄用微信推来的张郁廉女史的4篇抗战文献。

至今记得,首先映入眼帘的是一份报刊影印件,1938年4月面世的《文艺阵地》创刊号,编者以通栏形式刊发张郁廉的译作《国防文学》:

> 保卫祖国和战斗功绩的主题是和民族的历史同时产生的。叙事诗就是在这一主题之下生长起来的。
>
> 历史的战场,在人们的眼里,并不是坟场,而是民族力量和国家成长的纪念地。

一位战地女记者笔下的抗战史

铿锵、简捷、雄浑的表述,一下子抓住了我的眼球,让我对译者的文字功底刮目相看。

《国防文学》的原作者是苏联时期的著名作家 P.巴武列林柯,当下译为彼得·巴甫连柯,曾4次荣获斯大林奖金,其代表作有《街垒》《在东方》《幸福》和《攻克柏林》等,特别是根据其同名作品改编拍摄的电影《攻克柏林》,在中国读者中可谓名震一时。

这些相关的背景资料以及原作影印件,都来自中仪兄及他的"影子朋友"王重阳先生。按当下某些不成文的划分标准,他俩都属于抗战史研究的爱好者和志愿者、田野调查专家,非科班出身,但绝对具有不输于科班的定力、耐力和慧力。

所有文史工作者面对的头道工序,必然是——史料。从2023年夏季开始,中仪兄与王重阳先生即承新加坡著名雕塑家孙宇立先生之托,为集成其先姚张郁廉女史的抗战文存而辗转搜罗,可谓绞尽脑汁。

张郁廉任职记者时,正值抗战军兴。

其时,身为燕京大学三年级学生的张郁廉被迫中断学业,辗转流亡内地,因俄语出众而入职苏联国家通讯社塔斯社驻汉口分社,成为一名翻译兼记者;之后便随苏联军事记者团共赴前线,未经任何实习培训,便已披挂上阵,一边当翻译,一边做采访,沿途勤勉,笔耕不辍,将硝烟与岁月一并截录,不时有刚出炉的新闻作品散见于中苏两国报刊,带着她的手温与手速。

收入本书的19篇张郁廉抗战文献，按类别，可分为原创和翻译两种。其中，原创作品6篇，译作13篇，比例为1∶2.17。这个比例是否能代表张郁廉抗战作品的整体构成？恐怕不能。若要形成一个理据充分的准确结论，还有大量艰苦的工作要做。

二

非常时期，民族危亡，曾经一衣带水的邻邦彻底翻脸，一向"司唐为师，遣唐为使"的昔日弟子再一次对先生龇开獠牙，还轻蔑地发出来自深喉的咆哮。

我特别留意了一下目前已经找到的张郁廉的第一篇原创作品《徐州最后的一瞥》，发表时间是1938年7月。那一年，张郁廉24岁，正逢花信年华，却在一年之前被迫告别象牙塔，和成千上万普通人一样沦为难民，空攥双拳，一筹莫展。其个人遭际，完全被国家民族的命运所裹挟，陷入了必须面对图存与救亡的双重困境。张郁廉正是在这样一种情况下入职塔斯社的。新闻职场在包容其个人诉求的同时，也将一个宏大的时代命题转化为她的责任担当，执笔为戎的新的生命形态自此发轫。其标志性符号，便是随后相继发表的《国防文学》和《徐州最后的一瞥》。是否她的处女作不得而知，但翻译与原创并蒂绽放，必然是厚积薄发的结果，一如她的花信之期。老话说，福报前世修，种子隔年留。张郁廉是幸运的，而幸运，从来就不垂青没有做好准备的人。

一位战地女记者笔下的抗战史

《陇海线上》与《渡河》两章,是张郁廉写于1940年初的一组通讯。时间距离她1937年12月入职塔斯社已经两年有余,职业历练带给她的成长印迹清晰可见。

也许是小女子的天性使然,张郁廉的每一次原创落笔,大抵都会从细节入手,少有例外。不得不说,这是张郁廉深得文学三昧的一项操作:

> 每个星期的一、三、五,都有"蓝钢皮"火车在夜间从西安向东开。车站上很冷落,雨天更没有多少乘客。好久不坐火车了,心里有点悸动。(塔斯社的)伴友说:"我在中国第一次乘火车,车站上的秩序、准确的行车时间、车厢中的清洁舒适,很难相信是在战时!"
>
> 醒来,快到华阴了。从黎明的薄光中,可以望到华山的丽姿。华阴以东到灵宝的火车暂时停开,那是因为前些日子平陆、茅津一带大战时,文底镇和灵宝附近的铁路桥被击伤了一些。从华阴到灵宝二百余里,有汽车路,可以用汽车或马、驴、牛车代步……
>
> (见《陇海线上》)

> 停泊在黄河上的船只,在防空的时间都疏散开了。一到下午,又都扯满了风帆迅速地聚拢起来。
>
> 落日的余晖,射在波动的河面上,像千万条金蛇跳跃着。这时,两岸聚集着等待渡河的人,却没有一个不严守秩序。负责人仔细地查过渡河证以后,总是先让老弱者上船,然后才挨到壮年汉子。

船夫们愉快地唱着歌，那嘹亮的歌声，响彻了原野；橹桨有节奏地响着，与歌声形成了一支雄壮的交响曲。浊黄的河水，冲刷着古老的河床，像是低诉它的悠久的历史。

（见《渡河》）

　　是的，细节带给读者的第一感受，就是画面感，即时即地，不可互为转移替代的立体直觉；辅以诗一般的语言，情感充沛，描述细腻，跃如也——夜间，雨中，一列"蓝钢皮"火车从西安向东驶出。为什么是在夜间？因为"大战"，因为"防空"。而黄河上聚散有序的风帆、河面上有如金蛇狂舞的余晖，以及史诗般流淌的浊黄的河水，赋予读者的，恐怕已不止于一幅画卷，其镜像以外的象征意味，庶几就要溢出张郁廉的字里行间。

　　《在前线》一文，由8篇日记体新闻特写组成。秉持"张氏文体"的一贯风格，下笔同样从细节切入。

　　北平西山上的枫叶该红透了。去年这个时候，我沿江由南京来；今年的这几天，汉口各码头上挤满了逃难的人，轮船上再也容不下一个人了，几家合租一只大木船也是没办法。已经有无数的木船，撑着篷帆向西去了。女人弯着腿，一个靠一个地坐在木船里，身上抱着哭叫要吃的孩子；有的孩子依着妈妈的胸，正甜蜜地睡着。男人们忙来忙去，焦急地往另外的小船上装行李。

　　如果排除了逃难的大背景，这该多像一幅日常的风俗画。

三

《抗战文存》,一个"抗"字,明明白白地揭橥了这部文存的基调,非反抗莫属。

因为爱,所以恨;因为恨,所以反抗。张郁廉从24岁起投身于战地新闻工作,所思所想,搦管摛章,我们可以通过她的作品,清晰地感受到这条因果链。

长沙会战之前,张郁廉有机会参与对几个日军战俘的审讯:

(我们)又问另外一个俘虏谷一市,问他日军捉到中国兵士们的时候怎么样处置,是否活埋?砍头?这个带小须的日本兵狡猾地说:"杀中国俘虏的事,我从来没有看见过,也没有听见过。我只知道把他们都送到后方去的。"

面对睁着眼睛说瞎话的俘虏,张郁廉气不打一处来。

我们拿出从日本兵身上得到的日记本给他看,上面写着:"将所有捉到的俘虏处死。"

仇恨的怒火刹那间喷涌,张郁廉写道:

我起始恨我眼前的这一群,他们是受了日本军阀欺骗的盲目的野兽!他们不知道杀死了多少我的兄弟姐妹……我压制不住我的愤恨,我能亲手杀他们!我愿意看日本野兽们的血!此恨此仇是永世永代的了！我活着就是为替我们已牺牲了的姊妹兄弟们复仇。

（见《在前线》）

连一介手无缚鸡之力的纤柔女子，尚且被激发起操刀屠龙、血刃仇寇的愤怒。张郁廉抓住一个"杀俘"的细节，将一条情绪起伏的逻辑线和反抗侵略的正当性，非常合理地凸显了出来。

1938年10月，各路日军突破中国守军的外围防线，逼近武汉，对江城形成东、北、南三面合围。最高当局下令，放弃武汉。于是，中国历史上罕见的一幕发生了，一座百万级人口的城市几乎被整体搬迁。

（十月）十九日，有机会遇到朝鲜义勇队的队员，一群年富力强的小伙子，正在听着政治部周副部长讲演。他们都是不愿在日本帝国的铁蹄下做奴隶的人，为了争取朝鲜的独立解放，他们暂时离开了家乡的亲友，满腔热血地跑到中国……

（十月）廿日上午，过江到武昌，从蛇山黄鹤楼下望武昌全市，没有一家烟囱冒烟，街道上也很难看见行人，只有江里无数白帆逆水向西移动……

武汉最后几天，整日在警报中。敌机无耻地追逐江心满载妇孺和非武装难民的船，对这些和平的老百姓大显他们"武士道"的威力。他们每次轰炸后，还要低飞扫射。被炸沉的船，大小有十几艘，死亡人数总在一万以上……

10月25日凌晨，已经到了不得不走的最后时刻，张郁廉"含着泪，上了车"，与塔斯社同人、著名摄影记者卡尔曼等一起向西撤退。同日，日军先头部队进入汉口，武汉沦陷。

11月12日，张郁廉一行的身影出现在长沙。"晚八时，离长沙向北去前线"，"经高桥、金井到×（31集团军）总司令部"。此处正是数月后抗战史上的一场著名战役——长沙会战的发生地。从1939年9月到1942年1月，中国军队与侵华日军在以长沙为中心的第九战区进行了3次大规模的激烈攻防战，最终取得胜利，第一次以武力迫使日军回到原战略态势，放弃对陪都重庆和战略大后方四川的紧逼。

11月14日，张郁廉写道：

> 今天上午听到长沙大火的事情，这是我们十二日离开长沙四个钟头后发生的。据说长沙完全烧光了，损失极大。

让张郁廉无法想象的是，那日深夜，长沙老城大部，被守军的一把大火焚烧殆尽，20余万户民舍化为灰烬，数以万计的无辜民众葬身火海，是为"焦土抗战"。

从11月12日到19日，张郁廉反复出入长沙及其外围，深入部队、乡村连续一周，用脚采访，用笔表达。她不可能预测到这里将要发生载入中国抗战史册的"长沙会战"，却又有意无意地将第九战区视为重点寻访目标，先后拜访过集团军司令和军师长们，也跟年轻的士兵聊过天，在当地老百姓的茅草房里借过宿，甚至参与过对日军战俘的审讯。

四

2岁时，因生母去世，张郁廉被托付给俄国中东铁路驻华的一对位居要津的工程师夫妇收养，因此俄文娴熟。入职塔斯社后，除了深入抗战前线，张郁廉也致力于译介和中国并肩作战的苏联记者、作家们的作品。

1940年第2卷《文学月报》（重庆）上，刊载张郁廉翻译的诗歌《献给中国人民》。哈萨克斯坦伟大的民间吟唱诗人江布尔·扎巴耶借助张郁廉的传神译笔，在诗中唱道：

> 我的弦声响亮而紧迫，
> 正像鹫啸，伴随着激怒的歌。
> 歌啊，你沸腾吧，鹰似的飞越在那万有之上，
> 看，日本在抢掠中国！

似号角，赛鼙鼓；醉里挑灯看剑，梦回吹角连营；饥餐胡虏肉，渴饮匈奴血……张郁廉想要传递的，除了诗人翻涌的才思、激烈的情怀，更多的，则是借他人酒杯，浇自己胸中淤塞的块垒，大声吼出：

> 杀开和驱散那黑鹫似的乌云，
> 激愤的、威严的、果敢的、强大的姐妹兄弟，
> 爱自由的中国人民呀，
> 像云里的闪电，高空的雷霆，粉碎那些法西斯蒂！

1938年8月16日,《真理报》(苏共中央机关报)刊登苏联著名汉学家、塔斯社驻汉口分社社长罗果夫的通讯《中国空军战士》,赞颂年幼的中国空军在过去11个月中的战绩。稍后,张郁廉的同题译文即出现在1938年第15期《中国的空军》上。

1938年11月4日出版的《消息报》(苏联最高苏维埃机关报)刊登了苏联著名摄影记者卡尔曼的《揭破敌寇施放毒气的阴谋》一文。文章依据日军第106师团师团长松浦中将亲笔签署的《第38号作战命令》,揭露日军自卢沟桥事变以来公然违背国际公约、大量使用毒气弹的罪恶事实。两个月后,张郁廉的译文便出现在了1939年1月5日的《新华日报》上。

1941年9月24日和28日,《大公报》分两期连载张郁廉译作、苏联著名作家肖洛霍夫的短篇小说《在顿河上》。

1945年1月,文光书店印行的文集《蓝围巾》收录了张郁廉翻译的两篇人物特写《意志》与《老夫子》,原作者分别是苏联著名女作家薇拉·凯特琳斯卡娅与苏联著名小说家、剧作家、词作家康斯坦丁·费恩。

看得出来,张郁廉选择上述作品向中国读者进行翻译介绍,并非单纯冲着原作者的名气,也不仅仅为了架设一座文化交流的桥梁。当此一刻的跨语境传播,之于她水深火热的祖国,意义重大。她还想告诉中国读者,那些荣膺"苏联英雄"头衔的勇敢的女飞行家、擅长国防化学的苏联女工程师、渡海远航的苏联女船长,以及当选加盟共和国最高苏维埃主席职任的女政治家,都曾经和我们大多数人一样,来自底层,胼手胝足,凭借的,是自强不息的坚强意志。

《在前线——张郁廉抗战文存》的结集出版，也许算不上多么了不起的大事，更不可能惊天动地，然而，收录其中的抗战文献，既烙满了张郁廉的个体印迹，又超越个体，成为中华民族关于苦难民族史的群体记忆之一。

2024年7月于上海

（作者系上海《档案春秋》杂志原总编辑，曾获华东地区与上海市期刊优秀编辑奖）

张郁廉（中）2005年与次子宇立（左）、女儿宇昭（右）摄于美国南加州羚羊谷

后记

母亲、我们和《抗战文存》

《在前线——张郁廉抗战文存》,是母亲张郁廉的第三本书,也是我和妹妹孙宇昭,为完成母亲遗愿所做的又一件事。

2015年10月,在新加坡著名报人、《新民日报》原总编辑杜南发先生的建议和推荐下,《白云飞渡——中国首位战地女记者张郁廉传奇》(以下简称《白云飞渡》)由广东人民出版社出版;2022年9月,王婉彬女士所绘同题画传由上海东方出版中心出版。

《白云飞渡》出版后,引起诸多正面的反响:中国国家博物馆、台儿庄大战纪念馆、黑龙江省图书馆和萧红故居纪念馆等机构设立专柜陈列或收藏母亲生前的记录及物件;黑龙江电视台及山东省莱州市广播电视台制作播放了母亲的生平纪录片;国内其他新闻媒体也多有报道。

2017年4月,我作为张郁廉的儿子,出席了台儿庄大战纪念馆主办的"台儿庄大战胜利79周年"纪念活动,有幸结识了同为台儿庄大战参战人员后代的抗战史研究学者左中仪先生。相识之后,我与左先生通过微信及电话多有交流。巧合的是,左先生的母亲与我的母亲同庚(生于1914年),1943年时同为成都华西坝"联合五大学"校友,想来,两位母亲当年是有过交集的。

左先生注意到《白云飞渡》中的一个细节,即我母亲曾提及"工作之余,我根据1938年在各前线(的见闻),如所亲历的台儿庄大战、徐州大突围、武汉撤退、湘鄂前线战况和长沙大火等,写成文字作品投寄到各报副刊",然而,《白云飞渡》一书却仅收有《在前线》一文。左先生告诉我,假如努力去寻找,或许可以找到更多我母亲张郁廉当年发表的文章,并表示可以协助进行相关的查找工作。

果然,就在2018年5月7日,从左先生处传来好消息。他尝试在网络上搜寻,发现了一张1939年的《新华日报》的模糊截图。经辨认,截图所载文章标题是《揭破敌寇施放毒气的阴谋》,署名"卡尔曼作 张郁廉译",但其余文字因偏小而难以辨认。不久,左先生便从南京图书馆馆藏《新华日报》中获取全文。此后,受制于一些客观原因,找寻文章的工作曾一度暂停。

2023年夏,左先生的查找工作再次启动。不久,第二篇文章被发现。在1938年生活书店《文艺阵地》创刊号中,刊有母亲张郁廉翻译自苏联作家巴武列林柯的《国防文学》。随后,又陆续找到由母亲翻译的江布尔《献给中国人民》、瓦良士《第二次世界战争下的妇女劳动》、罗果夫《中国空军战士》等诗作和文章,以及母亲撰写的《她们——全世界妇女开路的先锋》等13篇文章。

我与左先生商讨后认为,仅靠当时已收集到的13篇文章,其分量尚不够

母亲、我们和《抗战文存》

编成一部文集。就在此时,左先生的一位文史研究伙伴、南京的王重阳先生获悉后,主动加入查找工作。

又是一段漫长而艰苦的搜寻工作。在此期间,每当有新的文章发现,左先生总是在第一时间兴奋地告诉我,并发来原文微影像。看着模糊的微影像上母亲当年所写的原文,我的惊叹与感动无以言表,常常会情不自禁地流下热泪。母亲的文稿一篇篇被找到,左先生又毛遂自荐,说:"我知道些抗战史,又对当时的历史背景有所了解,就由我来把这些文章誊录成电子文档吧。"同时,左先生提议:"鉴于当下的读者对张郁廉十多篇译文的原作者未必熟悉,为方便阅读,我们应当在每篇译文的文首加上一段原作者简介。"我深知,这项工作说来简单,其实不易。因为年代久远,当年的译名与今天多有不同,工作难度很大,需要多方考证。后在熟谙俄文的表兄张俊杰先生的帮助下,最终较圆满地完成了对译文与译名的推敲及考证等多项细腻而繁琐的工作。至此,我与左先生都觉得这部拟议中的《抗战文存》已基本具备出版条件。

由多位抗战史专家学者耗费大量时间与精力收集到的母亲张郁廉创作于抗战期间的19篇文章(包括译文),经整理编辑后终于萃集而成。相信这些文章在当年有助于同胞们开阔视野,加强坚持抗战的决心,巩固抗战必胜的信念,亦有利于提振后世鉴往知来、奋力开拓的信心。

值得一提的是,母亲生前珍藏不少抗战时期的旧照,包括苏联著名摄影记者卡尔曼为她拍摄的相片。为了让读者身临其境地感受当年的峥嵘岁月,我们特地从中挑选部分收入本书。

母亲、我们和《抗战文存》

　　然而，文字的核校与全书的总成，必须交由专业编辑人士进行。经左先生介绍，上海资深文史编辑姜龙飞先生承担下了这一重任；资深美编葛冬冬先生和王婉彬女士为本书做了精心设计。最终，这部《抗战文存》得以顺利面世。随书页飘动的丝带，是母亲生前最爱的紫色，寄托着我们对母亲的思念。

　　《在前线——张郁廉抗战文存》，不仅是一部文字作品，也是一座时光的桥梁。她连接着中华民族的过去与未来，向世人传递着一种不屈不挠的民族精神。历史并未走远，未来也绝非唾手可得。铭记苦难，珍惜和平，继承并发扬前辈们伟大的、为民族解放而献身的精神，当其时也。

张郁廉子女

孙宇立（新加坡）　孙宇昭（美国）　谨记

2024年7月

这些中国女性知识分子,在国家危难时,不顾自身安危,亲赴战场,挥笔对抗战做出贡献,这才是真正的意义。

图书在版编目（CIP）数据

在前线：张郁廉抗战文存 / 张郁廉著；左中仪，姜龙飞编. -- 上海：文汇出版社，2025.8. -- ISBN 978-7-5496-4510-7

I. I253

中国国家版本馆CIP数据核字第20256CH923号

在前线——张郁廉抗战文存

著　　者 / 张郁廉
编　　者 / 左中仪　姜龙飞
责任编辑 / 陈镜舟
封面设计 / 葛冬冬　王婉彬
内文设计 / 葛冬冬
文献整理 / 王重阳　章海宁
俄文顾问 / 张俊杰

出 版 人 / 周伯军

出版发行 / 文汇出版社
上海市威海路755号
（邮政编码 200041）

印刷装订 / 上海雅昌艺术印刷有限公司
版　　次 / 2025年8月第1版
印　　次 / 2025年8月第1次印刷
开　　本 / 787×1092　1/16
字　　数 / 130千
印　　张 / 13.25

ISBN 978-7-5496-4510-7
定　　价 / 99.00元